冼君行 博士——著

U0141481

# The FinTechBury Tales

# 金融科技
# 風雲錄

資深金融專家親身經歷公開解密，
帶你掌握金融各式新工具的**時代脈動**

一本現代人必讀的金融科技小說，
一窺科技工具現況、未來的絕佳切口！

# 目錄　contents

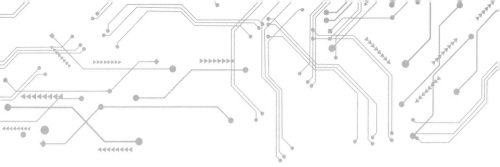

# 金融的未來在今天被書寫，
# 重新定義與金錢的互動方式

在快速發展的金融格局中，金融科技的興起預示著一個變革時代的到來，這個時代正在重塑傳統金融體系，並重新定義我們與金錢互動的方式。當我們站在科技和金融的交叉點時，有必要反思已經發生的深刻變化，及其對全球個人、企業和經濟的影響。

金融科技涵蓋了廣泛的創新——從支付解決方案、線上借貸平台，到區塊鏈技術和智能投顧。本書旨在探索金融科技不僅在提高效率，也在普惠金融中所提供的不同方式。我們生活在過往金融市場的固有障礙正被拆除的時代，新一波的企業家和消費者正以前所未有的方式參與其中。

當你深入研究此書時，你將接觸到這場金融科技革命背後的驅動力。此書將研究如何利用人工智能和機器學習等新興技術來分析大量數據，使公司能夠根據個人需求，提供個人化的金融產品和服務。這種數據驅動的商業模式不僅是一種趨勢，而且是一種必需。它代表了

金融機構如何瞭解客戶並回應他們不斷變化的需求的根本轉變。

　　此外，此書還強調了那些努力跟上創新步伐的監管機構的作用。隨著金融科技持續顛覆傳統銀行業務，監管機構面臨要促進創新，同時又要保護消費者的挑戰。鼓勵成長和保持穩定之間的微妙平衡，是金融科技探索的過程中反覆出現的主題。

　　此書也將討論在金融科技領域裡，普惠金融的重要性。很多時候，由於地理、經濟或社會的壁壘，邊緣社區被排除在金融服務之外。金融科技提供了彌合這些差距的獨特機會，為最需要的人提供支付、儲蓄和信貸等基本服務。透過優先考慮普惠金融，金融科技公司不僅可以推動自身成長，還可以為社會做出更廣泛的貢獻。

　　當你在書中閱讀行業領導者的案例和見解時，你亦能瞭解未來的挑戰和機會。金融科技的旅程還遠遠沒有結束，這是一個持續的故事，需要不斷地調整和創新，能夠在這個領域蓬勃發展的公司是那些保持敏捷、擁抱變化，並優先考慮客戶需求的公司。

　　最後，本書呼籲企業家、投資者和政策制定者採取行動。金融的未來正在今天被書寫，我們每個人都有責任為金融業的永續、透明和公平的願景做出貢獻。

當你閱讀此書時，我鼓勵你批判性地思考科技在塑造我們未來金融服務中的角色，並考慮如何成為這個變革的一部分。

　　總而言之，金融科技革命不僅是技術的升級，更是思果的變革，是一個嶄新的文化。它讓我們重新思考與金錢的關係，並設想一個人人都能獲得金融服務的未來。作者邀請我們一起踏上這段旅程，讓讀者發現金融科技重新定義子孫後代金融格局的潛力。

Emali 科技創辦人、
香港區塊鏈學會會長

**胡鈞儒**

# 把冷冰冰的金融科技，轉化成有血有肉的人物故事

　　香港在過去的五年，在金融科技發展上，的確進步神速，其中當然亦有不少失敗、已經被人遺忘的例子。我們曾經被垢病在金融發展的落後、龜速，以致於今天在多個金融科技的領域，已經在區域上佔有領導的位置，全靠業界共同努力。當中要數「香港金融科技點將錄」，作者肯定是當中的代表性人物。

　　「金融╳科技」當然並不是因為有 FinTech 這個字才誕生的。正如作者所說，科技在金融上的應用，已有很長的歷史。不過 FinTech 的突破，是把科技從金融的後台角色，搬到了台前。科技從以前提高銀行及金融業的生產力，變成金融機構重新定義金融產品以至客戶體驗的致勝關鍵。

　　如今，人工智能的核爆式發展，亦很可能將科技的定位再提高至主導金融發展的位置。作者在這時候推出這本著作，正好讓年輕一代，用輕鬆的方法瞭解這一個金融科技發展的簡史，從而展望由 AI 主導的金融科技之

未來。

　　我一向臣服於作者的智慧、經驗，以及遠高於常人的洞察能力，但是讀畢這本書之後，我才驚訝發現作者還有著如金庸般的文筆，和黃霑般的幽默。

　　這本書最特別之處，就是把冷冰冰的金融科技，轉化成有血有肉的人物故事，以及把艱深難明的知識領域，轉化成輕鬆有趣，又引人入勝的故事內容。我相信業界中，很多人對 Swap、Factoring、LC、CBDC、M0、M1、M2、UTXO 等等的理解，都可能只是知其然而不知其所以然。看罷這本書之後，你肯定會對金融科技的生態及專業知識得到更深層次的瞭解，從而可以掌握及判斷是否真的對這個行業有興趣、有抱負、有承擔。

　　作者在〈後記〉中所提到的：「每個人的興趣與際遇都不一樣。我個人認為在工作的頭五年，應該專注建立自己的專業知識。就算你的工作是銷售或是客戶服務，也要盡量學習行業、產品與技術的內容，培養一技之長。」所言甚是。知識就是力量，科技如果能夠結合行業，將會對你、對行業、對社會、對香港的未來，創造出無限價值。

四方精創資訊（香港）行政總裁
陳榮發

# 一本年輕人必讀的金融科技小說

　　和 Paul 認識的時間雖然已有一段日子，但總覺得每一次見面都好像是剛剛認識，因為每一次和他的對話都會激發新的思維。Paul 的每一句提示及贈言都能啟發無窮的思考！很多人亦會說這些是 Food for Thoughts。

　　如果真的是這樣，那若我每天都能和 Paul 一起工作、日日溝通的話，我今天應該已是一個大肥婆，因為每日都有好多 Food！但肯定肥得非常和絕對開心，真的獲益良多，可以認識到這位好朋友，真的是我這生的榮幸和福氣。

　　這本書既有教育性又有豐富的娛樂性，記載了好多行業裡的真人真事，很適合未入行的年輕人，讓他們瞭解些行內趣味的故事，引發對行業的興趣。除了記載我們的工作本身，亦記載了我們對行業的熱誠，是一本值得一看的好書！

德勤金融科技諮詢合夥人

陳穎思

# 前言

　　這本書是我過去十多年從事金融科技的見聞，文中的機構與人名都是虛構，亦刻意把現實中不同的人物混合在一起，所以如有雷同，實屬巧合，不要對號入座。然而，書中的故事有八、九成是真實的，而且越荒誕越真實。

　　其次，我寫的時候有個想法，希望把我們這個金融科技行業介紹給想入行的年輕人，所以才會絮絮不休地解釋那些技術知識，連不同的書名也放進去，因此書中提到的技術都是真的。

　　雖然我沒有意圖把這本書寫成有系統的金融科技入門書，但如果你讀完仍然想入行的話，書裡提到的金融與科技知識都是必須的，可以自行上網研究。我亦特意列出個人十分推介的參考書名。

　　至於要不要入行、如何入行等，就看個人造化了。

# 邂逅金主

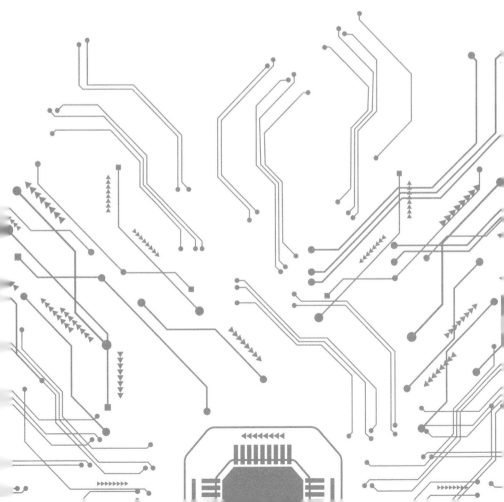

成了！

我坐在一間昏暗的電腦實驗室，終於完成了編程功課，在鍵盤上鍵入「Handin」，把功課交到導師手上。現在已是凌晨時分，我連續工作了 30 小時，桌子上有十多罐檸檬茶罐，是我不斷為腦袋補充糖分的結果。

這時實驗室裡還有 40 多位同學，他們的螢幕上不斷出現「Core Dump」等錯誤訊息，伴隨著一片咒罵聲。這時候，有個叫 Apple 的小師妹向我求救：「寶師兄，又出 Segmentation Fault 了！究竟我做錯了什麼呢？」

Apple 是我們工程學院計算機科學系的班花，小我一年。平日總有一班「觀音兵」圍繞著獻殷勤。難得她主動叫我，我當然藉機親近親近。

我走過去看看她寫的程序，指著螢幕說：「看，這裡，妳不能把記憶體撥給 Linked List，卻不記著它們的 Pointer，以作之後的 Garbage Collection 之用⋯⋯。」

就在這時，我聽到一連串的奇怪聲響，莫非是 Call 機的響聲？

嘟！嘟嘟！嘟！嘟嘟！

哦，鬧鐘聲。原來是個夢。在大學讀書的日子，著

實叫人懷念，卻都已是很多年前的事了。今天是我第一天以 CEO，亦即「執行長」的身分上班去。

別誤會，雖然我從事科技行業，但我並不是 Bill Gates 或 Steve Jobs，沒有從大學退學，在自家的車房創業。在這個小小的城市，也不見得有多少人家裡有車有房。也許，這正是缺乏新創企業家的原因？

先介紹一下，我叫小寶，在成為 CEO 之前，我是一個從事金融科技諮詢服務的顧問。你可能會想，金融科技不是近年才有的嗎？其實，在 1967 年，英國已經有自動櫃員機了，難道那不是金融科技？在科網火紅的 90 年代，更有完全棲身網上的銀行，像保誠的 Egg.com，比今天的虛擬或數字銀行早 20 年。所以金融科技絕對不是一個新興行業。不過，隨著人工智能、區塊鏈、雲端運算等等科技的突破，創投基金開始大量湧入金融科技領域，我的 CEO 生涯也是在這個背景底下開始。

在開始之前，也得介紹一下我的金主，亦即打本[註1]給我成立公司的真正老闆，以及我們相識的經過。

多年前，當我還在諮詢公司任職時，我就是負責金

---

【註1】打本：廣東話，指為創業提供資金。

融科技的解決方案。我照顧的客戶主要都是本地客戶，主要是銀行與保險，甚少國內與海外的客戶。怎料有一天，我們的合夥人——亦即我老闆，綽號「張大千」——傳召我到他的房裡去。

張大千可不是一個普通的老闆，他是在諮詢公司的黃金年代入行的，出差都坐頭等艙，開完會必然來一杯威士忌、抽抽雪茄，說是對自己的獎勵。他一身行頭（衣著）都價值連城。有次我和他出差，他看著我的皮鞋說：「你這對東西買了多少錢？」

我說：「這雙Clarks是我在鞋店清貨時買的，幾百塊，超值！」

他不屑地說：「皮鞋當然要買義大利的，沒有兩萬塊以上別買！」更不用說他的腕錶，價錢動輒都比我年薪更高。

那天我走進他房裡時，他跟我說：「寶少，你有空嗎？有個客人想交給你處理。」

「咦，是什麼客人驚動到老闆你？我以為我們今年的策略是不接收新的客戶，只會集中做現有的 20 個大客戶？」

「是的，這個不是我們的大客戶，是我們北京辦公

室的客戶。這個老闆好難伺候，我們出盡國內的高手都被他罵回來，因為國內的團隊比較缺乏對金融業的認識。國內同事又應承了客人會介紹一位金融業的專家給他，好回答他的問題。我們想來想去，只好派你去吧。」

嚇！那豈不是「豬頭骨」？我普通話又不見得流利，分分鐘比國內的同事被罵得更慘！

不過張老闆在諮詢界大名鼎鼎、舉足輕重，若我違逆他的意思，恐怕以後也無法在行頭立足，所以唯有勉勉強強地應承了他：「那，知道他需要什麼服務嗎？如果只是一個出氣袋，那就易辦，反正我們做顧問的，都習慣把『樽鹽』（尊嚴）留在家才上班的。」我吃吃地為自己的冷笑話笑起來。

張老闆笑笑說：「其實我也不知道。客人叫曹總，白手興家，聽說北京那邊賣了個 SAP 的預算系統給他，幫他的公司做上市準備。公司好像叫『KEC』、全名『KE Capital』，搞什麼場外交易的。」

哦，「場外交易」（Over-The-Counter，OTC），即是持牌賭場，不過我對這種業務一點概念也沒有。反正顧問嘛，就是比客人「讀快一頁」（One Page Ahead），然後裝作專家的一種職業，那就「兵來將擋、水來土淹」吧！

距離見曹總還有兩個星期的時間，於是我研究了一下 KEC 的業務。所謂「場外交易」，是指不在交易所中央報價和買賣的金融產品，主要包括固定收入（Fixed Income，即債券）、外匯（Currency）和商品（Commodities），統稱「FICC」，也包括衍生產品如利率掉期（Interest Rate Swap，IRS）、信用違約交換（Credit Default Swap，CDS）等等高風險高回報的產品。

為了要「讀快一頁」，我用了幾天時間晝夜不停地啃下卡洛・亞歷山大（Carol Alexander）一套四本共 1,600 多頁的《市場風險分析》（*Market Risk Analysis*）以及一堆有關公司行動（Corporate Action）和結算流程的市場操作。

終於到了見曹總的那一天，我戰戰兢兢地進入百多層的國際商業中心。以前很少來這裡，因為樓上都是些國際大型的投資銀行，而我服務的客戶一般都是個人與商業銀行，因此我對信貸以及企業銀行服務會比較熟悉，而有關投資銀行的領域完全是新手。一想到自己單刀赴會，要見的卻是從事這行業廿多年的大老闆，心裡不禁也有一點怯場。

經過了非常耗時的登記手續，我終於上到了 70 多樓的一個富高雅而明亮的辦公室。一進玻璃門就看見一個

很大的魚缸，裡面養了兩尾金光閃閃的「龍吐珠」（亞洲龍魚），相信有風水的作用。魚缸旁站著一位美女身穿整齊制服，手裡拿著一個麻包袋，袋內有些東西在蠕動。她駕輕就熟地拿著一個銀色的夾子，竟從袋內夾了一條一呎半長的大蜈蚣出來！

我開門抬頭時看見這一幕，登時嚇得退了半步。那條蜈蚣黑漆發亮，應該是一條很毒的東西。美女二話不說就把蜈蚣放進魚缸裡。那兩尾「龍吐珠」以迅雷不及掩耳的速度衝過去，把偌大的一條蜈蚣分了屍，還吃得津津有味，剩下一小截蜈蚣的尾巴還在水中扭動著。

接待處的美女看見我目瞪口呆的樣子，試著把我的靈魂召回來，於是大聲問道：「你要找誰？」

我結結巴巴地說：「呀，是的，我約了曹總。」

她漂亮的臉蛋上竟忽然流露出一絲恐懼，說：「你……等一等。」

我不禁想，呎半長的大蜈蚣妳也不怕，竟然這般怕曹總？我今次死定了。

進入了會議室，由於不知道議程會是什麼，我把壓艙底的材料都預早開在電腦的桌面上，準備回答曹總待會的提問。

就在這時，一個頭髮蓬鬆、鬍子箕張、衣衫襤褸，但是雙目炯炯發光的中年男人急步走進會議室。如果在街上碰到，可能會以為他是送外賣的。這是一個能坐 20 人的會議室，這時卻只有我一個坐在主席位的下手。然而，中年男人卻旁目四顧，仿彿我並不存在一樣。

我即時站起來打了聲招呼：「曹總，你好！幸會！幸會！」

我確定這男人是曹總，因為我在網上讀過他的訪問，見過他的照片。

曹總這時才望向我，勉強笑了一笑，問：「你是諮詢公司派來的？你公司的專家呢？」

我尷尬地笑了一笑說：「我就是那個專家。」

他立刻拉下面來，大咧咧地坐下，不屑地把雙腿放到會議桌上，開口問道：「好，那針對我們公司的上市準備，你覺得除了 SAP，我們還要做什麼？」

我重新坐下，徐徐地說：「曹總，SAP 只是工具，要做好預算與績效管理，還需要組織架構和營運流程的配合。以我對場外交易市場的瞭解，市場波動非常影響交易員業務線的績效。譬如，你們最為賺錢的外匯孖展【註2】，它為公司帶來的利潤與美國每個月月初公佈的『非

農就業指數』（Nonfarm Payrolls）掛鈎。因此，你不能像其他上市公司那樣，以年為單位進行預算及績效的管理。你應該考慮以季、月，甚至星期為單位，做『滾動式預測』（Rolling Forecast）。這樣才能充分發揮數字化（又稱數位化）平台的威力……。」

我講到一半，曹總竟重新正襟危坐起來。他上下打量了我一下，認真地道歉說：「不好意思，我今早剛從紐西蘭飛回來，有點疲累，希望你不介意我剛才的失禮。我原本期待你公司會派個頭髮斑白的博士來，沒想到現在的專家竟那麼年輕。果然是英雄出少年！你繼續說，我認真聽。」

「謝謝曹總！」我心裡呼了一口氣。於是繼續侃侃而談，分享我對他業務的一些想法。我們越扯越遠，亦越聊越起勁。內容早已不再是針對 SAP，甚至不是針對他現有的業務，而是談到中國加入世貿、聯準會（Fed）的利息週期、一帶一路的壞帳等等宏觀的經濟議題。每

---

【註2】孖展：是香港金融市場中的一個術語，指的是「保證金交易」，來自保證金英文 Margin 的諧音。這是一種由證券公司提供的融資服務，允許投資者借入資金購買股票等金融產品，以放大其投資規模和潛在回報。

次他問我一個新的問題，我就把電腦裡的一個簡報檔案放出來。結果我前前後後放了十多個簡報，簡直把我箱底的功夫都拿了出來。

大家這樣交流幾小時後，他終於忍不住說：「今天真是獲益良多。」

我笑著道：「一般來說，這麼多的材料與內容，要跟我買好幾個諮詢項目才會有，不過我今天權當交個朋友，免費與你分享吧！」

曹總聽到這句，笑到人仰馬翻，不斷說：「好！好！好！我就和你交個朋友！」

之後，我亦不禁請教他：「為什麼客人都在中港兩地，你卻跑到那麼遠的紐西蘭成立總部？」

曹總解釋說：「外匯的波動其實不大，每天就那幾個點子，加上一手要十萬美元，並不是一般散客能負擔的入場費。我初次接觸外匯時，在紐西蘭只花了幾天便把積蓄都輸光了。當時我便想，若別人可以這麼快賺到我的積蓄，我也可以呀！於是便閉門讀書研究，結果便成功創立了現在這間 KEC。當時，香港的外匯孖展最多槓桿十倍，澳洲卻可以槓桿 200 倍，而紐西蘭竟然可以槓桿 400 倍！試想想，本來十萬美元的入場費，一下子

降到 250 美元，吸客的速度自然快很多。這便是我們在紐西蘭成立總部的原因。」

我驚訝道：「那麼高的槓桿，難怪很快便輸掉整副身家！」

「那當然會發生，但亦有可能一夜暴發。我便見過有人三日輸掉 100 萬，剩下幾千塊，卻在第四天回本，倒賺幾十萬。對我們來說，客人賺蝕【註3】其實不重要，重要的是有交投，我們賺中間的佣金。當然，吸一位新客人的成本也不低，所以我們並不希望他們輸身家，持續做著很多投資者的教育。」

「謝謝你，曹總，我今天其實也學了不少新東西。」

曹總這時忽然說：「我覺得我和你也挺投緣的，合作的話也應該會很有『魔痴』，不過我現在沒有錢請你，等我公司上市，有錢的時候，我會再找你。」

「哈，謝謝啦，曹總，有緣我們再見吧。」我並沒有把曹總的話放在心上，反正客戶想招攬顧問是每天都在發生的事，而我則挺喜歡做顧問，所以並不急於離職。再者，當時的我普通話實在太爛，未必就能勝任。我也

---

【註3】賺蝕：「蝕」是粵語方言，意指虧本或損失。

是在很多年之後，才厚著面皮問曹總什麼是「魔痴」？
他笑笑拿起筆，寫下「默契」兩個字。

　　離開的時候，接待處的美女看見曹總親自把我送出
來，面上還掛著微笑，驚訝得合不攏嘴，可能大部分情
況下，顧問們都是被罵著趕出來吧？我對她禮貌地笑笑，
便揚長而去了。

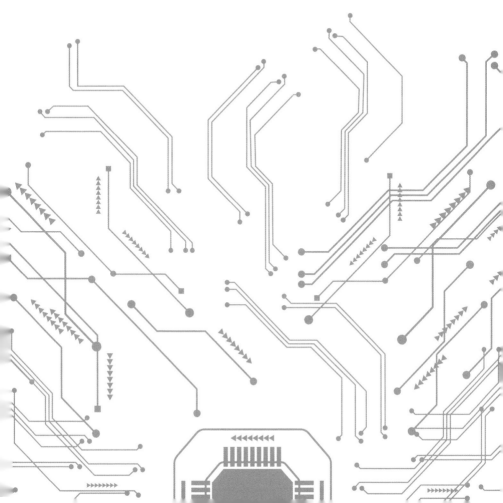

CHAPTER

1

窮行協會

隔天回到公司，向張老闆匯報了和曹總會面的結果，便和銷售部的老大 Ben 哥，開戰略會議。

Ben 在金融服務行業裡無人不識，人面極廣。他能把各式各樣複雜無比的科技產品，和價錢昂貴的顧問服務賣給不同類型的金融機構。這除了和他對金融服務業有深厚的認識有關外，也和他擁有一隊由美女組成的銷售團隊有關。

最近，我聽說他竟把我當年在大學認識的漂亮小師妹 Apple 也招攬進團隊。今天正好要與他開會，我也在想會不會與小師妹重聚呢？

走進會議室，果然 Ben 和 Apple 早已坐在那裡。Apple 看見我，立即笑面盈盈地走過來和我握手。我也很禮貌地歡迎她加入我們公司。Ben 是一個很有效率的人，沒有多餘的廢話，我們就進入今天的議題。

容我先介紹一下，我們公司並不只是一間諮詢公司，而是地球上數一數二的科技公司，名叫 Monday。除了諮詢服務，我們還有軟體、硬體，也會接受金融機構把整個系統的維運與保修外包給我們。由於公司的文檔模板都用藍色做主調，故行內亦暱稱「Monday Blue」（憂鬱星期一）。作為銷售部的老大，Ben 也不只是想賣我們的諮詢服務，他亦要把公司的軟體、硬體等等賣出去。

回到會議室，Ben 先介紹了 Apple：「小寶，我知道你早就認識 Apple，容我先介紹一下她在整個團隊裡的角色。我放假時，研究過我們現時的客戶組合，主要集中在大型的跨國銀行。他們固然有很大的預算，但在每次的金融風暴裡，他們也是損失最慘重的。若我們的業務繼續圍繞著這幾個客戶，我們將承受很高的風險。」

我點點頭：「Ben 哥，你講的這些我也明白，但公司產品那麼貴，成本那麼高，如果要賣給中小型銀行或保險公司，我們是一點競爭力也沒有的。」

「你說得對，但你有沒有聽說過雲端運算？經過了十多年的打滾，我有個很深的體會，就是所有的金融機構，都有著相似的需求。隨著監管的要求越來越多，越來越細，大家要的東西將會越來越相似，所以我決定邀請 Apple 加入，一起打造 Monday 的『銀行雲』。」

「你的意思是把銀行需要的軟體產品全部放到雲端平台上，建立 SaaS（Software-as-a-Service，軟體即服務）平台，然後根據用量向不同的客戶收費？」

Ben 讚賞地說：「知我者，莫若小寶也。這就等於買不起樓，便租一間『劏房』【註4】，共用廁所與廚房。」

Apple 插話：「我也是因為喜歡 Ben 哥這個想法才

過檔加入的。我之前任職的諮詢公司，由於沒有雲端運算的配套，沒有辦法建立這種業務模式。但金融市場對數字化確實有很大的需求，我們這個方向必然能成功。」

Ben 接著說：「你也許會問，市場汰弱留強，讓這些中小銀行離場不是更好嗎？然而，單就這個小城市便有 40 萬間中小企業，它們沒有辦法從大型的發鈔銀行裡拿到貸款，只有這些中小銀行會熟悉他們，並貸款給他們，讓他們拓展業務或共度時艱。」

Apple 補充說：「而營運中小企業，則是不少缺乏教育與專業的老實人脫貧的方法。他們可能是新移民，也可能是單親媽媽，由地盤紮鐵【註5】、餐店洗碗等工作開始，儲了點錢，開始做小生意，諸如在街邊賣湯麵或手機殼等等。若小有成功，他們便需要融資去入貨、去租店。這時候便只有靠中小型銀行了。所以我們幫這些銀行，其實是幫低下階層的人脫貧。若沒有這些銀行，這

---

【註4】劏房：「劏」是粵語用詞，意即「剖開」之意。是香港的一種房屋型式，將原本設計用作一戶使用的房間，劃分成多個小間出租。

【註5】地盤紮鐵：是土木工程中的一個常見工序，指的是在建築工地上進行鋼筋綁紮的工作。

些創業者便只能借高利貸，最終隨時家破人亡。」

我點頭問：「道理我明白，但在商言商，究竟市場有多大呢？」

Apple 說：「這要視如何定義中小企，因為每一間銀行都不一樣。不過我們一般假設這個城市有 4、50 萬間中小企，其中一半從事貿易，那也是個不小的市場。」

Ben 接著說：「銀行不肯貸款給他們，是因為覺得風險高。然而，只要有數字化平台，收集足夠的大數據，譬如客人在 POS（Point of Sales，銷售時點情報系統）實時支付的紀錄，便能有效地減低風險。

「當年有金融科技公司在剛開展中小企銀行服務時，預算有 5% 不良貸款（即呆壞帳），但是由於他們利用支付數據判斷中小企的營運狀況後才審批貸款，結果不良貸款低於 3%。所以只要有足夠的數字化與大數據，中小企銀行服務仍是有利可圖的，而這也是那些中小銀行的出路。」

我微笑道：「明白了。既然你們兩位有這個想法，我當然全力支持。不過『銀行雲』這種業務賺取的利潤很微薄，薄利就要多銷，對銷售團隊的壓力就更大了。」

Ben 說：「我當然知道，這也許是個很傻的想法。

但我實在不忍心再把中小銀行的客戶拒之門外。他們的需求其實並不複雜，只是我們的定價實在太高了，想幫他們也經常有心無力。長此下去，他們將會從市場上消失，這個城市便會被幾間大銀行壟斷了。」

我回答說：「Don 哥、Apple，你們的想法，我是同意的。正所謂『人生有多少個十年』，小弟就陪你們瘋一次吧。」

Ben 笑說：「好，兄弟，謝謝你！」

就這樣，Ben、Apple 和我三個人每天見完客人後，都回到辦公室設計這個「銀行雲」的架構與功能。我們先用公司貨架上的工具，裝嵌出一套的銀行雲平台，不過由於公司的產品定價都很高，平台成本近乎天價。因此，我們要把不需要的產品拿掉，再把太昂貴的產品轉成第三方的小程序，滿足相同的功能需求。

Ben 亦開始約見中小型銀行的 CIO（Chief Information Officer，首席信息官）去討論他們的痛點。

說到底，這個項目是地下項目，我們並沒有正式立項。反正在未能夠證明有穩定收入之前，公司也不會批准。因此，我們一定要用敏捷的開發方法，透過與客戶的反覆討論，盡快生成一個可行的方案，絕對不能閉門

造車。

我在大學畢業之後，便沒有再和 Apple 聯絡了。能夠再次與她見面與合作，我是挺高興的。有天下班，我約了她到公司樓下的酒吧請她喝一杯，問問她畢業後的經歷。

她很簡要地告訴我，她這幾年主要負責為銀行提供諮詢服務，不過比較偏重合規的解決方案，譬如滿足巴塞爾資本協定的數據平台，或者 KYC（Know Your Customer，瞭解你的客戶）的流程引擎，又或者是 AML（Anti-Money Laundering，反洗錢）的交易監控等等。

每次看到中小型銀行為了天天新款的規管要求而疲於奔命，甚至有新的中小企業客人，都不敢幫他們開戶，儘管有決心數字化，卻又負擔不起主流的解決方案，她就有一種無力感與挫敗感。

我呷了口冰凍的白酒，嘆了口氣，說：「估不到妳工作了這幾年，仍然會有這種懸壺濟世的情懷。」

她嫣然一笑，說：「我也不是悲天憫人，只不過是覺得科技與人為善，不應該成為中小企業入場的門檻，讓龍頭企業們成為行業裡的霸權，結果科技淪為『為有錢人賺更多錢』的工具。」

「為有錢人賺更多錢」，不正是大部分人的工作嗎？我這個師妹的思想還真特別。也是在很多年之後，我才知道她所提倡的，正是「普惠金融」或「普及金融」（Financial Inclusion）的精神，只是當時這個詞彙還未流行。

由於我們不斷與軟體部和硬體部的同事交流，討論如何把「銀行雲」的造價壓低，我們的這一個地下項目很快便浮上了水面。公司同事開始笑我們是「窮行協會」（Poor Bank Association）。

我們決定橫眉冷對千夫指，希望在公司剎停我們的項目之前，能夠開始簽一些客人回來，證明我們的平台將會成為公司未來貢獻利潤的主要引擎之一。可惜，我們的努力很快便遇上了阻力。

公司應該是認為我們太閒，才有空搞這種創新，於是分別把兩張大單子交給 Ben 與 Apple 去跟進，並點名要求我去支援他們的銷售工作。

Ben 要負責的，是和一間瑞士的私人銀行（Private Banking）軟體公司談合作，然後把這套系統引進到國內。這個想法來自最近一個行業趨勢。針對國內改革開放後出現的超級富豪們，不少銀行開始成立私人銀行部

門，為這些富豪提供更多元化、更貼心的服務。支持這種業務的私人銀行系統一般價錢高昂，但由於服務的對象是超級富豪，所以一般銀行都願意花錢去買這些系統與相關的諮詢服務，並相信最終會有合理的投資回報。

Apple 要跟進的，則是有關一間叫星旗的本地銀行，他們計劃部署一套司庫系統的諮詢服務。坊間主要有兩套司庫系統，一套是美國的，一套是法國的。美國的系統和全球大部分的交易市場都有數據整合，並能 24 小時無間斷地實時結算倉位；法國的系統在風險的量化分析和產品定價上有著領先的地位，畢竟歷史上很多數學家如笛卡兒、帕斯卡等都是法國人。

星旗銀行的貨架上有十多種資產類別、200 多種投資產品與衍生工具，有賣給客人的，也有銀行自己投資的。在新的監管要求下，要為這些有著不同風險評級的產品撥備，資金成本會越來越高，所以必須要更精準地為風險定價。

這個聽起來好像很複雜，但原理就和曹總之前說的一樣：若銀行投資了一個風險很高的產品，賺蝕之間的波動就會很大。監管機構為了保障存款與投資客戶，就會要求銀行量度與預測這些投資工具的波幅，並預備足夠的儲備金，好讓銀行在虧損的時候，不至於會影響客

戶的存款。

無論 Ben 還是 Apple，他們要跟的單子都是非常花費精神和時間的項目，亦必須要我們諮詢團隊的大量資源去協助。因此，儘管大家都不太想「為有錢人賺更多錢」，但我們也是要吃飯的，所以只好把「銀行雲」這個想法放下，先處理這兩個大單子。

要瞭解 Ben 的項目，便要先解釋一下私人銀行與一般零售銀行的分別。由於私人銀行的客戶都是超級富豪，他們一般都是監管機構所謂的「專業投資者」（Professional Investor），帳戶有超過 100 萬美金的流動資金，能夠買一些一般人不能買的高風險、高回報產品，當中包括了結構性投資產品。

一般人其實也會偶爾買結構性投資產品，例如高息的外匯掛鈎定期（Currency Linked Deposit），背後就有一張外匯期權的合約和一個定期存款的產品。當幾個產品結合，互相之間可能有對沖，並減低風險的效果，亦有可能把風險放大，因此它們的風險定價更為複雜。一般私人銀行系統在這方面都配備有完善的工具，讓銀行的客戶經理能夠為客人度身訂做他所需要的風險與回報組合。

不過，在監管法規越來越緊的大環境下，我們更

加需要的是如何紀錄資金來源證明（Source of Fund Proof）、內建反洗錢的監控、滿足全球的共同申報準則（Common Reporting Standard）等等。這些私人銀行要面對的問題，在瑞士的軟體產品裡未必會有，因為瑞士在很多方面都較全球其他國家寬鬆。

說穿了，多年前若沒有黑錢流入，瑞士也不會成為全球的銀行中心。所以要幫助 Ben 引入這些系統，我必須帶領團隊開發一大堆插件，甚至要建幾個外掛的數據市集（Datamart），生產百多份報表，才能讓他把產品拿到市場去賣。

正當我日以繼夜地和團隊設計 Ben 要的產品時，Apple 卻悶悶不樂地走過來我房裡。我於是帶她到公司的茶水間，問過究竟。

原來她今天去見了星旗銀行的 CIO，竟不夠 15 分鐘便被對方趕了出來。

我不禁失笑，問道：「Apple，妳究竟說了些什麼？」

Apple 嘆了口氣：「小寶，你也知道我們公司的銷售套路。雖然我一心想先開一個會，瞭解一下客戶的需求，但和我一起去的售前工程師，卻準備了 200 多頁的簡報，最慘的是開首 3、40 頁都是介紹我們公司的『罐

頭材料』，那個 CIO 聽了不夠五分鐘便已不耐煩，把電腦奪過來自己翻了幾頁，接著和我們說了兩句，便把我們趕出來了。」

我覺得有點啼笑皆非，問道：「那 CIO 和你們說了哪兩句？」

「他主要問我們，你們來賣什麼的？」

「那工程師如何回答他？」

「他主要介紹了我們公司是一家很大的跨國公司，擁有很有資深的工程師，在司庫系統這方面於全球不同地方都有很多成功的案例等等，不過在他說到一半時，便被打斷了。」

「那即是沒有回答他的問題啦。」

「我們不也是在說司庫系統項目嗎？」

「錯了，司庫系統是軟體公司的產品，你賣的應該是解決他問題的整體解決方案。」

「那不就系統裡的功能嗎？」

「非也、非也！要賣這種高端項目，首先要把這個項目對業務的價值解釋清楚，把系統能解決的痛點列出

來，最好還能把回報量化。這時候，若妳說的痛點與他心裡所想的痛點一致，單子便已贏了一半。」

「那餘下的一半呢？」

「另一半則關於妳執行這個項目所需要的時間和成本，是否他能接受。最後才是團隊的經驗。如果能用一兩個實際案例間接展示你們的功力，那就更好了。」

「唉，老實說，司庫本身那麼複雜，不單是我不太懂，我估計和我一起去的那個工程師也不太清楚自己在說什麼。他應該是拿了美國總部的標準簡報檔來跟客戶介紹。」

「那便難怪你們被客戶趕出來了。這樣吧，下星期我有空，妳跟客戶說妳找了另一位專家和他再交流多一次吧。」

「真的？那就先謝謝你了，小寶！」

我倒不是隨意自誇自己是專家的，上一次去見曹總的時候，我讀了 1,600 多頁的《市場風險分析》，相信今次亦能大派用場。正所謂第一次是初哥，第二次便是專家了。

一星期後，我們如期到了星旗銀行的會議室。一般

本地銀行都是家族經營的，大老闆會是創辦人或他的後人。這間銀行的創辦人叫鄧老總，今年已 70 多歲了。雖然仍非常精神，但每天的營運一般都會交給他的左右手——宋先生。

宋先生其實也早屆退休之年，只是應承了鄧老總輔助他的兒子，現正擔任 CEO 的 Aaron，所以才未退下火線。至於那個一點耐性都沒有的 CIO，名叫 Cyrus，以前是另一間諮詢公司的合夥人。宋先生和 Cyrus 聽說我們派來了專家，都很給面子，雙雙赴會。

會議室樓底很高，燈光卻很昏暗，我的簡報投射出來感覺好像有十多呎高。除了兩位領導人，各部門也派出了代表，圍著會議桌分成前後排坐，相信總共坐了 40 多人。我們公司 Monday 亦一向不會在人數上輸蝕，連同銷售部、軟體部、硬體部、諮詢部等同事，我們也來了十幾、二十人，相信一般「窮銀行」的會議室，根本連坐也坐不下這麼多人。

簡報開始，我悠然地站在 60 多人面前，也許因為燈光昏暗，我看不清大家的臉，所以也不太緊張。估計在紅磡體育館開演唱會也是這個感覺吧？

這次只準備了十多頁的簡報，因為我希望能多花點時間去瞭解他們做這個項目的動機。

就如我跟 Apple 解釋的那樣，我很快地把海外類似的項目所能帶來的價值，清楚地解釋給銀行各部門的同事聽。一般來說，我不會提到系統自動化可以削減的人手。我們的角度是如何更有效地管理市場風險，減少銀行的損失，以及減少因合規的需求而凍結的儲備金。當然，我也提到新的系統能夠讓銀行快速引進更多的產品，特別是那些高回報的結構性投資產品。

當我花了 20 多分鐘完成整個演示之後，銀行的高管們整體上應該也頗為滿意，起碼沒有把我趕出去，也沒有中途睡著，偶爾還因為我的冷笑話而發出零星的笑聲。然而，我總覺得他們有些欲言又止。

於是，我還是用那句金句：「各位，今天就當交個朋友吧！我們最終是否簽約其實並不重要，重要的是我們能為你們解決問題。能和我們分享一下，你們面對的挑戰是什麼嗎？」

那個宋先生笑笑並向 Cyrus 點點頭，Cyrus 於是跟我們說：「這個項目之所以出現，主要因為我們現有的司庫系統供應商，有天來拜會我們的總裁 Aaron。他們可能以為我們必須依靠他們才能營運，於是恃勢凌人，到期續約時更開天殺價。我們總裁甚為不滿，所以才有這次的招標。」

宋先生補充說：「除此之外，今天聽你們的介紹，我也學懂了不少有關現代司庫的營運方法。期待很快能和你們合作。」

會後，Cyrus 親自送我們出來。在等待電梯的時候，他對 Apple 不慍不火地冷笑說：「我本來以為這次會是你們公司最後一次踏足我們銀行了。嗯，幸好今次比上一次好多了。」又指一指我：「麻煩妳以後都找顧問與妳一起來吧，別再帶你們的工程師了。」

我們回到公司，開了個檢討大會。大家都說，Cyrus 是市場上最囂張最「寸」的 CIO。如果連他也說好，那我們的贏面就很高了。

Ben 聽說我們初戰告捷，邀請 Apple 和我一起放工飲杯酒。來到酒吧，Ben 說他膽固醇高，點了杯紅酒，Apple 則喜歡甜甜的白酒，我則叫了杯冰凍的生啤。

Ben 舉杯代 Apple 向我道謝說：「聽說你連 Cyrus 都搞定了？真不簡單！」

Apple 附和道：「是的，Ben 哥，公司現在都當小寶是吉祥物，他甚至不用說話，只需要跟我們一起開會，那些又囂張又難搞的客人都會忽然變得和顏悅色呢！」

我大笑說：「哪有這麼誇張！只是各位前輩給面子，

忍受我這個黃毛小子而已。其實金融業也不是那麼複雜，我常說，無論銀行還是保險，都只不過是在做一件事情，就是：為風險定價。譬如銀行要把客人還款的風險換算成利率、投行把市場波動的風險換算成費用、保險把生老病死的風險換算成保費等等，不過就此而已。」

Ben 答道：「小寶，你也不用太謙虛。你雖然說得簡單，但實際上有多少人真正的瞭解？現在的畢業生連銀行是如何賺錢的也答不上來。金融科技的基礎就是金融服務業的知識。很多人以為只要懂得編程就能搞金融科技，我卻覺得相比科技，對金融產品與合規要求的理解重要得多了。就好像我最近和私人銀行系統廠商的合作，除了你和我以外，團隊幾乎沒有人懂私人銀行是如何運作的，那又怎麼能正確介紹系統的好處呢？」

我尷尬地笑笑：「Ben 哥，其實我也不懂，不過是邊做邊學罷了。」

Apple 說：「Ben 哥，你還是別浪費時間吧。就算你把系統做好了，不也就是『為有錢人賺更多的錢』？不如我們盡快把『銀行雲』搭建出來吧。」

Ben 嘆了口氣說：「不是我不想繼續做『銀行雲』，而是在這間公司裡搞，空間實在太少。」

我好奇地問：「其實我們工作的時間也頗有彈性，我們亦不介意晚上加班工作，為什麼你說沒有空間呢？」

「我的意思不是我們沒有做這個項目的時間，而是公司資源的定價太高。其實我已洽商了三、四家小型銀行作為我們的第一批客戶。你們都知道，我的宗旨就是『先畫餅，立即賣；有人買，才整餅』。所以其實在你們設計『銀行雲』的系統架構時，我早就在市場上尋找客戶了。」

Apple 十分欣賞地說：「原來是這樣！那既然有客戶，我們為什麼不繼續呢？」

「那是因為公司要求我們的平台優先選用自己的產品。結果放著免費的開源軟體不用，硬是要我用軟體部大而無當的古董，又逼我用硬體部的那些廢鐵。先不說那些古董有多貴，單是找他們的工程師去部署，便已是天價了。」

Ben 喝口酒又說：「然後，小寶，我也希望你做這件事的功勞會得到讚賞，所以跟老闆張大千開了個會，聊了一下。會上你們的 QRM（Quality & Risk Management，品質與風險管理）主管認為做這個項目沒有先例，風險很高，所以必須加 10% 風險溢價。服務的

客人又是新客人，又要另加 10% 風險溢價。加上我們目標是讓本地幾十家小銀行訂購我們的雲服務，那等於要求我們的法律部審閱幾十份合約，要耗用不少時間與內部人手，還未考慮到這些銀行有拖欠服務費用的可能等等。可以想像，到我退休的那一天，也不會見到隧道盡頭的曙光。」

Apple 失望地說：「那這個項目豈不是要胎死腹中？」

Ben 徐徐地答道：「老實說，我也有些心灰意冷。市場裡最近出現了很多創投基金，我也正考慮要不要跳出舒適圈，奮身一搏。」

Apple 和我都大為驚訝，事關 Ben 在公司已做了十多年，累積了很多客戶，正所謂『打跛腳都唔使憂』【註6】，估不到他會考慮離職。

他見我們眼睛瞪得老大，聳了聳肩笑道：「我也不過 40 多歲，要搏就要現在搏，難道等到退休後才來後悔？」

---

【註6】打跛腳都唔使憂：廣東話中的一個俚語，意指某人擁有極大的優勢或資源，即使面臨困難或意外（例如「跛腳」，即腿腳受傷），也不需要擔心或害怕。

我轉向 Apple 說：「其實 Ben 哥說得也是，或許我們也該認真想想。」

Apple 面露難色。這也難怪，她才剛轉過來不久，心裡還想著要在 Monday 大展拳腳呢！

Ben 說：「那也不用急，我又不是明天就辭職，我有好的機會，當然會邀請你們一起走，完成我們『窮行協會』的夢想。」

春去秋來，一轉眼又到了年尾，我們也沒有再提「銀行雲」，Ben 亦沒有辭職。Ben 在幾個月前終於簽妥了和那私人銀行系統廠商的合作。正如他提倡的「畫餅論」，在未簽約之前，他便早已簽了兩個大客戶，所以很快便進入了落地實施的階段。

Apple 也順利和宋先生簽了那司庫系統的項目。那是一個耗時數年、上千萬的大項目，是公司除了戰略性外包以外，很少有的大型項目。而我依舊以顧問的身分，同時支持這兩個項目。

聖誕臨近，既然大家都交出了亮麗的成績表，也就都準備放假去了。在聖誕節前，公司一般都會組織週年晚會。他們認為，作為公司的吉祥物，我必須為大家表演一個環節。

我被要求選一種樂器表演，我最終選擇了薩克斯風。表演的時候，我偷偷把一個藍牙的揚聲器放在薩克斯風裡，再裝作用手機看樂譜，其實是控制樂曲的播放。結果，我以完美的演奏，贏得全場的掌聲，我等掌聲停下時，才悠然地把揚聲器拿出來，頓時換來全場一片笑罵聲。

　　由於我未婚，沒有小朋友，不會在長假期時去旅行，免得和別人爭貴機票和酒店，所以一般我會留守公司。你可能會問，客戶不會放假嗎？過往的確是這樣，但自從中國加入世貿後，國內的客戶由於沒有我們的假期，經常會在我們的長假期前招標，因此我們必須有一、兩個顧問留下接待他們。

　　事實上，中國的金融科技發展得越來越蓬勃。單是大灣區便已經有好幾間獨角獸金融科技公司，特別是那些從傳統銀行和保險分拆出來的金融科技公司，規模變得越來越大。他們早期也曾是我們的客戶，但很快便變成我們的競爭對手了。

　　聚寶科技正是一個好例子。它是大灣區四大獨角獸之一，母公司是華南區數一數二的聚寶集團，旗下有銀行與保險公司。集團的金融業務是聚寶科技最大的客戶。聚寶科技透過為母公司提供信息科技服務，得到了穩定

的現金流，作為產品研發的資本，同時亦得到國內十多間頂尖大學與理工的人才，再加上他們引以為傲的狼性文化，讓整個市場的競爭變得越來越激烈。什麼是狼性文化，以後會再解釋。

　　就在兩個月前，東南亞某大交易所有一個項目招標。我們以為有全球的專家團隊做後盾，這單子應該唾手可得。怎料聚寶科技的創辦人牛總親自落場指揮，邀請那家交易所的整個董事會到聚寶科技在大灣區的園區參觀。客人在白天看到的科技固然琳瑯滿目，在晚上接受的招待就更不是我們能清楚的了。

　　再者，牛總亦與對方的政府簽署了合作備忘錄，承諾若能把單子簽下，他會在市中心興建一座 100 層高的科技大樓，並提供 200 個就業職位。不用說，我們這些國際科技公司，做什麼事都要循規蹈矩、錙銖必較的，永遠不會有這種創意提案，結果單子當然是輸了。

　　牛總就是「牛逼」（厲害）。我們不單輸得心服口服，甚至以一個更低的價錢去挽救這單子的動力都沒有。所以當我收到老闆張大千的電話時，我真的不懂怎麼反應，因為他在電話裡跟我說：「小寶，贏不了，我們就加入嘛。我想去聚寶在大灣區那邊的總部見見牛總，看看我們能不能合作，一起做交易所的單子。」

我表面上唯唯諾諾，心裡卻覺得這是浪費時間，甚至是送羊入虎口。

　　張大千接著說：「我秘書剛才回覆了我，說牛總只有下週三有空，可以在他的總部見見面，交流一下大家在金融科技的產品與服務。可惜我應承了老婆和孩子下週去旅行，牛總那邊又不能改期，所以只好派你作為我們的代表去了。」

　　我心裡著實捏了一把汗。我只不過是這公司裡的小頭目，哪有資格去見名震天下的牛總。

　　張大千猜到我在想什麼：「別擔心，他們的 CFO 李總是我的舊同學，他到時會接待你，陪你去見牛總。」

　　無論如何，能與這麼傳奇的人物會面，也是個難得的機會。我於是立即安排車票酒店，準備北上會見牛總。

　　到了週三，我一早就出現在聚寶集團大廈的大堂。刷臉登記後，我換了幾次電梯，經過了無數的會議室和實驗室，才到 80 多層的一個大會議室，等待李總的接見。聽說牛總的辦公室在百多層之上，必須要由李總帶我上去。

　　等了十分鐘，李總匆匆地趕過來，甫入會議室，便問我張大千在哪裡？我說他因為在休假，沒辦法趕回來，

所以由我來代表 Monday，跟牛總交流合作的方案。

李總立刻把面拉下來說：「那你公司的主席和總裁在哪裡？你又是誰？」

我額頭上差點冒出汗珠，戰戰兢兢地說道：「我是 Monday 金融科技諮詢部門的負責人。」

李總說：「那你還不夠『高度』和牛總說話。」

然後，他便頭也不回離開了會議室。正當我有點手足無措時，他的秘書就走進來送我下樓去。

於是，我又換了幾次電梯，重返人間。待回到地面上，我才覺得有點啼笑皆非。我只好如實在電話留言給張大千：「老闆，人家嫌我不夠高度和他對話。」

雖然這是一個徒勞無功的旅程，聚寶集團的龐大卻為我留下了深刻的印象。他們令我明白，像我們這種傳統的科技諮詢服務公司，要與國內這些新興的金融科技公司競爭，簡直就是蜻蜓撼柱，毫無勝算。

我們早幾年在國內開了個開發中心，招聘了 500 多人，已經覺得自己很厲害了。聚寶科技卻有 15,000 位開發人員，若我是客戶，也會選擇跟他們合作吧！

話雖如此，面對國內的科技公司，我們還是有一定

競爭力的，主要因為金融業的規例實在太多，不同地方有不同的例，國內的朋友未必能掌握。加上他們「蛙跳」（Leapfrog）了一整個技術年代，用上手機和雲端等技術，對那些古董般的「遺留系統」（Legacy Systems）並不太認識，所以我很快又接了另一個項目，就是幫一家國內的國有銀行收購本地的美資銀行。

這家美資銀行的經營團隊大部分是本地人，業務也做得不錯，但是作為一間中型銀行，他們沒有規模效應，成本太高，漸漸就變得沒有競爭力。那家國有銀行名叫建業銀行，在國內有十幾萬間分行，容易出現規模經濟的效益。同樣開發一個電腦系統，你只有一萬個客戶在用，他卻有一億個客戶作用，開發的成本卻仍是差不多，你便沒有人家的競爭力了。所以購併確實是一個合理的戰略方向。

美資銀行的總裁郭先生，是一位資深的銀行家。我第一次去見他的時候，他非常客氣地請我到辦公室裡的沙發上坐下來，一邊叮囑秘書泡茶給我喝，然後耐心聽我分析合併後的協同效應，亦毫無保留地分享他對合併後，雙方文化差異的擔心。他翩翩君子的風度與魅力著實讓人著迷。

最終，我們順利地把這個項目簽下。之後，我每週

最少有一天會和郭先生開會。三個月之後，郭先生便提出招攬我到他的銀行工作，負責項目管理辦公室（Project Management Office，PMO），直接向他匯報。我多謝他的好意，說會認真考慮。

怎料兩個星期之後，建業銀行便派了十多位總裁辦公室的「明日之星」加入郭先生的高管團隊。他們表面上以副主管的身分，輔助各部門主管，實質上卻是母行替換本地管理團隊做的準備，這可謂「司馬昭之心，路人皆知」。其實這也是國企很普遍的做法，我們戲稱為「赤化」。

由於這個部署太明顯，郭先生與我都心知肚明，關於招攬我的事就沒有再提了。不過在這個項目裡，我認識了信息科技部的一位高手，叫 Chris。

Chris 為我打開了人工智能的大門。

# 人工智能

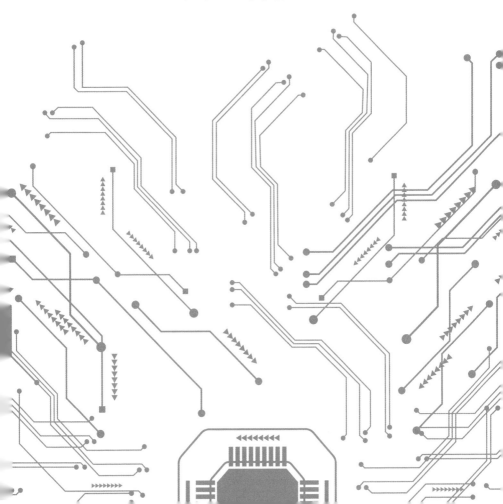

建業銀行收購美資銀行的 PMI（Post Merger Integration，併購後整合）工作，進行得如火如荼。我亦因此在這項目花了整整一年的時間。在這期間，建業銀行又多收購了一間本地的保險公司與證券公司，相信很快便能打造一間在本地規模數一數二的金融超市，正正式命名為「建業國際金融集團」。

　　在這期間，郭先生因為受不住雙方文化的差異，以及項目急促的進度，因此提早退休。繼任的總裁仍然是本地人，我們叫趙太。趙太非常幹練，對市場亦很有看法，不過在決策上，處處受到母行的掣肘。

　　以信息科技為例，無論趙太多希望用國際大品牌的產品，母行都堅持要他們和聚寶科技合作，用他們的產品與服務。幸好趙太對我們的團隊一直十分滿意，所以不理母行反對，繼續聘用我們公司作為項目管理辦公室，幫助她管理聚寶科技的各個項目。

　　當好幾家金融機構合併之後，首先要解決的就是數據整合的問題。譬如客人在銀行分行要求改地址，你必須要同時通知證券與保險一起更新客人的地址。這就牽涉到建立單一客戶視圖（Single View of Customer），即把同一位客戶的資料統一在同一個紀錄之下，以一個獨一無二的代理鍵（Surrogate Key）去代表他。

有了這個企業數據管理（Enterprise Data Management）的基礎仍未夠，還需要按情況部署元數據管理系統（Metadata Management），透過企業應用整合，讓客人、產品、渠道、利率匯率等元數據，隨時得到實時更新。這種工程非常浩大，動輒牽涉到幾百個新舊系統，成本高昂之餘，花的時間亦很長。幸好銀行上上下下都覺得有這個必要，因此我們才有這張大單子。

銀行之所以願意投資在這個數據平台上，主要是因為市場一句很流行的話：「數據是新的石油。」（Data is the New Oil.）大家都認為，只要有海量的大數據，便能把它們「變現」（變現金，即賣出去）。我一直對這種說法有所保留。直到有一天，我走進了一個叫「數據科學」（Data Science）的部門，遇上了銀行的首席數據科學家（Chief Data Scientist）── Chris。

Chris 比我晚了幾年畢業，因此接觸了最新的人工智能（Artificial Intelligence，AI）技術。還記得我剛學習人工智能時，仍是用電晶體去模仿人腦的神經網路，才勉強實現車輛自動駕駛的功能。到後期，我們開始用 Lisp 和 Prolog 這些簡單的人工智能語言來編程。儘管概念是有的，但當年的處理器與記憶體都十分昂貴，亦沒有大數據，很難真的把人工智能應用在商業上。

隨著網路的興起，各行各業開始數字化，大家都累積了海量的大數據。所謂大數據，就是無論資料量（Volume）、速度（Velocity）、多樣性（Variety）和易變性（Variability）都很高的數據。有了這些數據，我們就可以透過機器學習（Machine Learning）去訓練數據模型。

就以國際象棋為例，最早能戰勝人類冠軍的叫深藍（Deep Blue）。它的原理就是把棋盤上可以下的每一步棋都列出來，並為每一步做一個最終獲勝的機率評分。這背後就是一棵很大的決策樹（Decision Tree）與戰略價值地圖（Strategic Value Map）。嚴格來說，這並不是人工智能，因此它沒有學習的能力。

到了近代，Deepmind 所培訓出來的 Alpha Go，竟然能夠打敗人類的圍棋冠軍。圍棋的變化比國際象棋多得多了，因此，能夠保持一局不敗的 Alpha Go 和深藍，在算法上有很大的分別。Alpha Go 並沒有決策樹，開發人員甚至不需要把戰略放進系統內，只需要讓它自己和自己捉圍棋，經過三天三夜，幾千多萬局棋之後，Alpha Go 就自己掌握了致勝之道，連開發人員也不能夠理解或改變。隨著 Alpha Go 不斷和人類高手比試，它會不斷從中學習，進一步完善它的算法模型。

人工智能與傳統的數據分析或所謂數據挖擴，有很

大的分別。傳統的數據分析用的是統計方法，首先要有完成的歷史數據，然後把數據的變化或變異數（Variance）歸屬於不同的因素。例如一班學生又高又矮，這些變化可能有 30% 來自他們的飲食、有 30% 來自遺傳，另有 40% 是其他原因。要得出這樣的結果，就要先有全班學生的高度，與他們每天飲多少奶、吃多少肉等數據。

人工智能的機器學習，並不需要收集所有數據才開始分析。基本上是先設定有一個隨機的因果關係強度，譬如 10% 的高度差距是來自飲食，然後每一次有學生走進課室，若他飲很多奶又長很高，機器學習引擎就會調整這個百分比，可能略為增加少許；相反地，若下一個學生進來時，一樣飲很多奶，卻長得很矮，這個百分比便會被調低少許。因此除著數據增加，這個人工智能的精準度亦會逐漸提升。

理論上，我們可以人工改變這些因果關係的強度，但實際上機器學習的模型都是深度學習模型，不同的變數千絲萬縷，互為因果，很難辨認出不同的變數在現實世界中代表什麼。於是要更新或刪除不同的因果關係是非常困難的，甚至要理解也不容易。這樣就會造成偏見、歧視或隱私的問題。這些也是人工智能科學家要研究的問題。

Chris 在回流前，便是在美國的頂尖大學研究這種人工智能技術。他回流後任職保險公司，卻剛巧被建業國際收購了。那天我在他的辦公室，看見他和他的團隊所建的數據模型，看得我目眩神馳，讚嘆不已。很可惜，由於銀行不斷併購，不斷改組，不斷有新的領導，所以他在短短兩年間便轉了四次部門、跟過五位老闆，包括最初的風險管理，到流程優化、精準營銷，才來到現在的數據科學部門。

經過那麼多的折騰，無論當初那團火有多熾熱，今天也早就冷卻了。我不忍心看著這麼優秀的人才遭埋沒，所以決定約他到附近茶餐廳吃過午飯，交個朋友。

Chris 五短身材，頭頂有點禿，眼鏡也非常厚，明顯是一名學者。他表面上木訥寡言，還有點口吃。不過，當我一提到人工智能，他便忽然間變得手舞足蹈、口沫橫飛。

「嗯，嗯，其實人工智能今天已經非常成熟。它在金融機構裡有三大種應用，分別是預測分析、自然語言處理（Natural Language Processing）和電腦視圖（Computer Vision）。嗯，我個人認為，預測分析對金融機構來說是最有用的。它一方面可以預測客人需要怎樣的服務，有效提升交叉銷售和減少客戶流失，另一方面又可以從大

量的交易紀錄中，發現洗黑錢和欺詐的模式。

「譬如說，我之前在保險業，曾遇上一個很特別的問題。那是東南亞的一個地區，欠繳第一期保費（Lapsed Payment）的問題非常嚴重。當時管理層都覺得是因為目標客戶群太貧窮，買了保單之後無法負擔保費，才導致這個情況，因此正打算撤出那個市場。」

我聽出興致來，好奇地問：「難道這不是主要原因？」

「嗯，不是的。當我把所有客人的背景與交易紀錄放進模型裡，進行機器學習，我就發現問題應該出在保險經紀身上。他們一般比較年輕，並且入行不久，亦很快離職。出問題的單大都是孤兒單（Orphan），亦即沒有經紀照顧的保單。

「再者，不少欠繳保費的客戶或受益人，和保險經紀在姓氏上有相似的地方，估計他們都有親戚關係。我們就著這點深入研究，發現那些經紀在入職一、兩個月之內，大量為家人和親戚開單，並在公司發放佣金後，立即離職。結果我們革新了整個佣金發放的制度，從此大大減少了欠繳保費的情況。」

我說：「這個案例非常有趣呢！那自然語言分析，具體又是什麼？」

Chris 顧著說話，一直都未起筷。這時候他終於想起自己還未吃飯，夾了一塊叉燒放進口裡，馬虎地咀嚼了一下，便囫圇吞棗地吞了下去。可能因為講得興奮，他滿面紅光地繼續說：「大家最熟悉的自然語言處理應用，應該是聊天機械人（Chatbot）。自從擁有人工智能的Watson 在問答節目《Jeopardy!》【註7】中勝出後，企業便憧憬著聊天機械人可以取替客戶服務部的一天。不過我個人認為，不少客戶服務的場景仍是需要人性化的服務員。試想像你被診斷出重症，你會想和一個真人的醫生表達你的擔心，還是和一台機器聊呢？」

　　我點點頭：「說得也是。那你認為自然語言處理最適合用在什麼地方呢？」

　　「我覺得現在技術的成熟程度，比較適合用於合約的草擬、修訂和審批。其實我正在和新收購的證券業務那邊合作，利用人工智能的自然語言處理技術，自動審批數以十萬計的合約。正巧證監會有新的披露要求，我們用了短短兩天，就在十萬份合約裡找出未能合規的30份。我覺得這個應該是暫時來說，最成功的一個用例。」

---

【註7】Jeopardy!：一檔美國經典的問答競賽節目，參賽者需根據提供的答案，倒推正確的問題來贏得獎金。

「厲害！厲害！那電腦視圖又是什麼意思呢？」

「就是電腦能看東西的意思。」

「那以前能把手寫文字數字化的光學字元辨識（Optical Character Recognition，OCR）是否也算電腦視圖呢？」

「其實你也可以這樣說。不過我們今天在金融機構一般會用來做人臉辨識。在我們繁複的 KYC 與開戶流程裡，最令客人不滿的，就是要親自到分行。單純叫客人用手機自拍，又怕他拿別人的照片開假的帳戶。人工智能幫助我們分析拍照的人是否為真人，甚至能夠問個人資料，並從客人回答的語氣中，辨識他有沒有提供虛假資料。」

「難怪現在開戶時的自拍，又要眨眼、又要側頭，弄到頸緊膊痛，還是開不到帳戶。有時我在想，如果我在網上截取別人的視頻，是否就能騙過這些開戶軟體呢？」

Chris 笑笑說：「我們也有眩光的偵測，憑著反光，知道自拍的對象是否一個螢幕。」

「果然是滴水不漏，簡直是一部手機版的測謊機！」

「你也可以這樣說。不過，我們在保險公司招募保

險代理時，已經更進一步地利用人臉和語音辨識，去評估經紀將來成功的潛力。我們也可以分辨客戶致電呼叫中心時，他的情緒是否很激動，是否需要我們轉駁資深的客戶服務經理。」

「所以說，電腦正在獲得我們五官感知的能力，對不對？」

「不單這樣，我們的人工智能引擎能夠同時獲取社交媒體裡，所有有關我們公司的評論，並做出輿情分析（Sentiment Analysis），讓我們在產品出現問題的早期，就把問題解決，避免情況惡化和擴散之後，才出現的公關災難。最近我們就發現了一宗有關理賠申訴的文章，主動接觸苦主，搶在記者發現之前，就把問題圓滿解決了。」

這一頓午飯，我真是獲益良多。

「Chris 大神，你既已做了那麼多的人工智能項目，還有什麼問題是你想挑戰的呢？」

「嗯，其實我在研究『智能投顧』（Robo-Advisor，即人工智能投資顧問）。我曾把交易所過去幾年的大數據輸入人工智能引擎，卻一直找不到股價波動的模式……。」

我忍不住大笑起來：「若果那麼容易用科技在股票

市場撈一筆，今天就不會有基金經理了。我在這方面反而有點研究，懂得一點皮毛。亞洲的股票市場一向都對小道消息很敏感，我聽說有人用人工智能分析別國總統的『推特』（Twitter，於 2023 年改名為 X）貼文，從而做出投資，竟有 30% 穩定的回報呢！也許 Chris 你也可以向這方面嘗試一下。」

「真的？嗯，金融市場這方面，真的要跟小寶哥學習學習！」

「別說笑了，金融市場哪有人工智能那麼複雜？敢問一句，如果我想學習人工智能，之後和你一起嘗試把人工智能套用在金融市場，你覺得我應該從哪裡開始呢？」

「嗯，其實很簡單，小寶哥你本身既然是工程出身，只需要下載 Jupyter Notebook，然後上網下載一些 Python 寫的樣板程序與測試數據，自己試玩幾遍便行了。」

「真的那麼簡單？」

「確實是這樣。你甚至用十句指令，便能寫出一個人工智能的機器學習引擎。時代不同了，不同的算法只需要呼叫一個函數庫（Library）的函數（Function）便能調用，名副其實地只需要『知其然而不知其所以然』，

亦能成為人工智能的編程員。真的不成呢，嗯，便買本《Python 機器學習》來參考吧！你會發現『機器學習』只不過就是一個叫『Fit』的函數，而『精準推送』也就不過是個叫『Predict』的函數而已。」

「Chris，謝謝你。我這個週末就會試試看。若能開發出一個利用輿情來投資的智能投顧，我就邀請你一起創業！」

Chris 靦腆地笑了笑，說：「嗯，一言為定！」

雖然數據科學部並不隸屬我們項目管理辦公室的管轄範圍，但由於我們不少項目都跟數據有關，不斷有合作的機會，漸漸建立了深厚的友誼。在這段期間，多得 Chris 的指導，我對人工智能的瞭解與造詣亦突飛猛進。

但是無論我進步得有多快，都沒有科技進步得那麼快。很快便有科學家解剖了老鼠的眼球與視覺神經，複製出新的人臉辨識算法，比以往的精準度提升了很多。有聊天機器人竟變成了很多宅男的談戀愛對象，甚至有機器人取得沙烏地阿拉伯的國籍，並在聯合國發言。

就在我思考如何利用這些科技的發展去創立我們的公司，實現我們一直未放棄的「窮行協會」的理想時，我等待的轉捩點出現了。

# 披荊斬棘

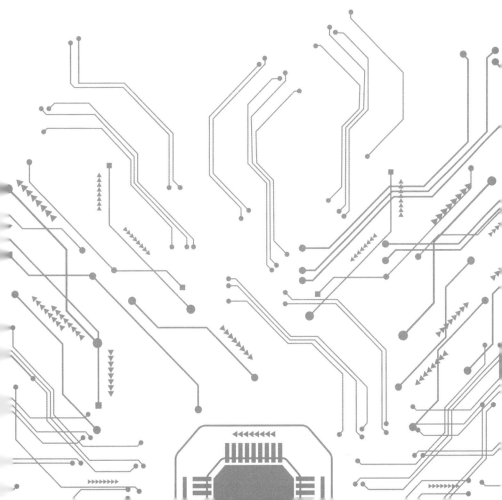

一轉眼，兩行合併的工作已進行了一年半，而我負責的項目管理辦公室差不多完成歷史任務。既然加入銀行不再是一個可行的方向，在 Monday 成立「銀行雲」的夢想亦遙不可及，我已有點心灰意冷，正考慮把心一橫，和 Chris 成立我們的智能投顧公司。然而，我化了好幾個月的時間，都無法在金融市場裡找到必賺的算法。就在這個時候，我收到了一通改變命運軌跡的電話。

電話裡響起了一把熟悉的聲音：「小寶，近來可好？想告訴你一聲，我終於上市了，想約你出來喝一杯。你喜歡賽馬嗎？」

電話來的正是曹總。老實說，我其實對賽馬沒有什麼認識，不過為了和客戶建立關係，無論自己有多不喜歡，也總得要學會賭賭馬、喝喝酒、揮揮高爾夫球球桿，甚至曾經為了陪客戶看橄欖球賽，跑去研究橄欖球賽的規則。

星期三晚上，我如期到達馬場。一如既往，我一個人單刀赴會。怎料曹總預訂了一整圍的酒席，坐上有兩位女士和兩位男士。曹總先介紹他左邊的女士，看起來 40 多歲，是曹總集團旗下融資服務的總裁，名叫 Selina。Selina 雖然徐娘半老，可仍是風韻猶存。

她右邊的男士胖胖的，頭也有點禿，應該年過半百，

鼻樑上掛著歐洲名牌金絲眼鏡。他搶在曹總前介紹自己：「我是 Frankie，是集團外匯服務的總裁，專門幫助國內有需要的客戶兌換外匯，解決別人解決不了的困難。」說畢，他向我眨了眨眼，饒有深意地笑了笑。

中國的外匯一直都有管制，以防黑錢流出，妨礙打擊貪腐的工作；同時亦要防止外國狙擊手，破壞人民幣的穩定，從而影響中國的經濟。Frankie 這個眼色，意味深長，可能代表他們有辦法突破外匯管制，亦即有合法的走資渠道。

另一位女士 30 歲出頭，可謂年輕貌美，但眼神相當凌厲，衝著我霸氣地說：「我叫 Janet，請多多指教。」

曹總補充說：「Janet 是我的海外項目總監，她幫我成立了不少公司，之後亦會幫助你。」

最後的那位男士，一看便知道是一位工程師。他由始至終雙手交叉於胸前，雙眉緊皺，面上一點笑容都沒有，名叫 Michael，是科技團隊的負責人。也許這時他心裡在想：「曹總是否要把我換成他？」不過，若這真是曹總的想法，今晚也不會邀請他吧。

這一個聚會，與其說是一個飯局，倒不如說是一個面試委員會。

Janet開門見山地跟我說：「我們集團有30多間公司，都是有牌照的金融機構。曹總現在要開一間金融科技公司，想邀請你來幫忙。」

曹總有點尷尬地笑著說：「Janet，別急！我們有整個晚上聊。先飲杯吧！很久沒見了！」

酒過三巡，曹總於是向我解釋他的想法：「小寶，今天在國內有很多外匯經紀商，由於有外匯管制，他們沒有辦法平倉，只能和客人對賭。」

要理解曹總的意思，首先要明白什麼叫「對賭」。譬如說，當你向外匯經紀買英磅的時候，如果外匯經紀手上並沒有英鎊，只是在帳本裡記下你買了多少英磅的這個「倉位」（Position），待你賣出英磅的時候，才把賺蝕的部分賠給你，這便叫對賭。

若英磅升了，你便賺了，經紀則蝕了，相反就是經紀賺了；若英磅突然升了很多，經紀便有可能資不抵債，所以經紀一般會設置限額，當所有客人所買賣的英磅總淨倉位太大時，他便要真的買英磅來平倉，即一般人所謂的「對沖」。然而，在國內買賣外匯必須要「服務實體經濟」，意思是必須在做進出口貿易才能買賣外匯，不能單純為了風險管理而平倉。

不過，就算是真正的進出口貿易，也有風險管理的需求。當一間中國的廠商對外出口的時候，就會有外匯的風險。譬如，我收到一張歐洲的訂單，我首先要在今天用人民幣去買材料，才能生產所需的貨物。等到完成生產，把貨物運送到歐洲簽收後，仍需要等三個月數期完才能收到用歐元支付的付款。在這段期間若人民幣上升，歐元下跌，那我便分分鐘會把利潤全虧掉。所以，一般出口商會向外匯經紀買外匯掉期（Swap）或外匯期貨（Futures），亦即用今天的牌價賣出幾個月後的歐元。若出口廠商也怕買家不付錢，他更可以把這筆「應收帳款」以折扣價錢賣給銀行，即應收帳款承購（Factoring），或叫銀行發信用狀（Letter of Credit）等等。

不少國內的外匯經紀便做這種生意，即為出口廠商對沖他們外匯波動的風險。幾個月後，若果歐元沒有波動，那外匯經紀便會賺了那些掉期或期貨的費用，但是如果歐元真的大跌，外匯經紀便要全數賠給出口廠商。所以當他手上要承接的歐元超過某個額度，就必須要找其他人在背後幫他平倉，亦即買下部分的歐元倉位，分擔風險。

曹總接著說：「這時候，如果有個海外的平台，在沒有外匯管制下，為這些外匯經紀平倉，便能為整個市

場帶來穩定性，亦能為我們帶來很可觀的利潤。小寶，你意下如何？」

老實說，曹總上次跟我說的話，我一直當是笑話。年中說要聘請我的客人多不勝數。然而，曹總這次一來就推心置腹，把他的大計都跟我分享，我實在有點受寵若驚。也許是酒精作用，也許是曹總的雄才偉略，我臉上越來越紅，想也沒想便說：「好吧！曹總。既然你看得起小弟，我就放手搏一搏！」

就這樣，我就開始了和 KEC 的合作流程。原則上，我先以集團的 CIO 身分加入，並由曹總出資 1,000 萬作為我們的「跑道」（Runway），亦即我必須在 1,000 萬的資本消耗掉之前，讓這間新創公司收支平衡。

曹總跟我說得很清楚：「我是不會再注資的，而你亦不能貸款，只能向著上市的路邁進。還有，帶你的班底（團隊）過來。」

在加入 KEC 之前，我當然先要交接在 Monday 的工作。

Monday 是一間非常數字化的公司，而我這樣說並不是褒義。公司內的所有流程，都要透過古老的 Lotus Notes 系統去管理。為了辭職，我首先要在幾百個 Notes

數據庫中，找出一個叫「辭職」的數據庫，加在我的客戶端，開啟後再按一個叫「辭職」的按鈕，系統就會幫我生成一條 14 項工作的列表，包括填寫不同的表格、簽署不同的聲明、交還不同的儀器等等。當你在系統內上傳所有需要的文件後，你就完成辭職的流程，可以直接離開辦公室。

整個過程完全沒有真人的交流，沒有人會挽留你，甚至連離職面談也是透過線上的問卷完成。這個經歷確實是讓我大開眼界。

無論如何，我就在一個十分自動化的過程之中離開了 Monday。我內心雖然有一絲不捨，卻並不是因為我掛念這間像機器一樣的公司，而是不捨得當顧問的生活，包括和不同客戶積累的情誼、和不同拍檔合作的火花、和自己團隊拚搏的血汗等等。不過，不捨歸不捨，有金主願意助我創業，始終是一個不可多得的機遇。

就在我按部就班地處理離職的流程的同時，我亦開始組建自己的班底。Ben 和 Apple 對我要建的平台並沒有很大興趣，特別是剛開始上軌道的 Apple。始終，曹總這個平台並不是他們心目中像「銀行雲」那樣的普惠金融平台。不過 Ben 承諾，將來有客戶的話，一定會介紹給我。相反，Chris 則非常興奮。這也難怪，再不離開

建業國際，他很快便可能要跟第六位老闆了。

在差不多同一時候，KEC 的科技主管 Michael 致電，約我出來飲咖啡。我抱著戰戰兢兢的心情赴會，不知道他是要給我一個下馬威，還是要和我楚河漢界般劃清界線？

我來到咖啡室的時候，Michael 早已坐在一角，面上毫無表情。我來到他面前，他才好像如夢初醒，站起來和我握了握手，便又坐下，雙手交疊胸前。

「Michael 哥，你要喝點什麼嗎？」我不禁問道。

「不用不用，」他說。「其實我要說的話，很快便可以說完。」

「好的，那你請說吧。」

「小寶兄，我想你把我帶走。」

大概是當時我面上出現了一個很大的問號，所以他繼續解釋：「我的意思是，把我從集團帶到你將要成立的金融科技公司。」

「那不是一樣嗎？」

「不是的。在集團，我要直接向曹總回報，但在你

成立的公司，我便只需要向你匯報。坦白說，我已在坊間打聽過有關你的事，我希望可以成為你的下屬，逃離現在的地獄。」

我估計 Michael 在說這些的時候，並沒有想過我的感受，因為我很快便會上任，直接向曹總匯報，所以我緊張地問：「曹總真的那麼可怕嗎？我看他對我還是挺和藹可親的。我是不是有什麼需要知道的？」

「小寶兄，你還未加入，曹總當然對你和顏悅色。一旦他成為你的老闆，就會是地獄的開始。」

「那你為什麼願意跟著我呢？也許我三個月的試用期也過不了！」

「不會的，行家們對你讚不絕口，我相信你一定能應付到曹總。」

就這樣，我便有了繼 Chris 以後的第二位一起創業的兄弟。當然，要把 Michael 轉過來，我必須和曹總要人。我預備了一大堆說辭，例如我對行業並不認識，對集團文化也要摸索，而 Michael 將會是很大的助力等等。怎料，曹總一聽我的請求，便爽快答應了。往後的日子我才明白，曹總是個很聰明的人，很多事情都不需要解釋。他對 Michael 也不是特別滿意，否則就不用招聘我。

我倒是非常喜歡 Michael。他除了是我在集團內的「盲公竹」【註8】外，也是一位非常可靠的大內總管，無論財務、人事，還是合約條款，只要是交給他的工作，我是一萬個放心。科技上，他是有點保守。不過正好，我們有 Chris 在技術上與他互補，加上我在銷售的經驗相信能讓公司在穩健中成長。

過了三個月的通知期，我終於離開了 Monday，成為 KEC 的員工。我花了三個月的時間瞭解集團的業務運作，期間曹總正巧出差，我上任後的三個月都不在辦公室，所有小事情和決定，主要是由 Janet 代曹總處理，大的決策則留待曹總回來再請示。

Janet 是一個很能幹的人，別人看她漂亮的臉蛋，可能會以為她是花瓶。然而，她在短短的三個月便把所有業務邏輯、合作夥伴與公司要員為我介紹得非常清楚，並為我們的金融科技公司註冊開業，亦開始聯絡獵頭公司，為我們尋找所需要的人員。同一時間 Michael 與 Chris 亦密鑼緊鼓地設計我們的交易平台，希望在有限的資金內，盡快完成產品的開發，簽下第一個客戶。

---

【註8】盲公竹：正式用法為白手杖，是輔助視覺障礙者行走的工具。

不過，有一件事情 Janet 遲遲不肯為我們操心，那就是尋找新公司的辦公室。所以當我們的團隊增加到七、八個人時，我們還是在借用 KEC 總部的辦公室。不過，我很快便知道原因了。

到了第四個月，曹總終於回來和我們開第一次會議，並邀請了 Frankie 和 Janet。他對於我們的進度頗為滿意，然後就問我們為什麼還沒有自己的辦公室。

我答道：「其實我手上有好幾個選擇，但是 Janet 要我等你回來才決定。」

曹總點點頭，示意我繼續說。

「我們看過政府在北區的科技園，租金廉宜，但交通實在太偏僻，同事們不太願意搬到那裡。不過，科技園最近開了一個在市區的孵化中心，我們正認真考慮。」

這時候，我察覺到曹總正在搖頭。

我連忙繼續說：「另一個選擇是在市中心的 Gateway，不少科技與保險公司都落戶在那裡。辦公室還有海景，只是樓齡比較高，傢俬有點殘舊，所以性價比非常高。」

怎料曹總開始大皺眉頭，指著我，卻面向 Frankie 說：

「我和這小子沒法溝通。」

我霎時面上陣紅陣白，一時間想不到問題在哪裡。我早已估計，曹總可能想要比較體面的辦公室，所以才有 Gateway 這個選擇。莫非曹總嫌我們浪費，想找個更便宜的地方？

這時候，Frankie 向我笑笑說：「小寶，你還是在國際貿易中心找個單位吧。」

我聽到這句時，比剛才震驚十倍：「國際貿易中心？這裡最低租金的單位也要 80 多元一平方呎，千多呎的辦公室便要 100 萬月租，怎麼有新創企業租這裡？」

曹總這時才重新露出笑容，開始看手機。Frankie 則繼續說：「那你就先租一個 100 萬的單位吧，你的業務很快便會跟上來的，不是嗎？」

然後，曹總和 Frankie 就施施然地離開了會議室，剩下我和 Janet。Janet 忍俊不禁，對我說：「我早就料到會這樣，所以才一直對你的選擇不置可否。如果我直接叫你租甲級單位，你肯定不會聽我的，所以我還是讓曹總跟你說吧。」

我苦笑說：「Janet，我只有 1,000 萬的跑道，月租 100 萬的話，我便只有不夠一年的時間，還未算人工與

其他成本。」

Janet 輕輕拍了我一下說：「別擔心，業務做得好，自然會有人注資。」然後頭也不回便走了。

當我以為租國際貿易中心是一個非常驚嚇的決定時，原來還有更驚嚇的在等著我。

曹總要求我們花過百萬，為辦公室安裝 Jeb 系統，即能動態地用玻璃幕牆改變辦公室間隔的裝置，還要一按鍵便能把玻璃窗變不透明。他把我不夠 1,000 呎的辦公室弄出一個 300 呎全海景的會議室，亦即留下 700 呎給我們 20 多名員工擠在一起。

曹總又要求，要在這個全海景會議室裡，放一張又長又闊的會議桌。這張會議桌必須是德國空運過來，完整一棵樹幹的橫切面，沒有任何切割和接駁，還得要將把所有電線收在枱腳裡。單是這張桌子就已經花了 20 多萬，除了這張天價的會議桌，其他會議室的設備基本上都是天價。會議室玻璃門上的手把，一條普普通通的木條，就花了八萬！

錢還是其次，時間才是大問題。曹總會和我們開無數個會議決定裝修上的細節。應該是因為風水的原因，他要求地墊是紅色的。設計師拿了色版上來，總共 20 多

種不同的紅色。曹總、Janet 和我就著用朱紅色還是猩紅色，便討論了三日三夜。最後他選擇的那種紅色，我也不記得是什麼紅，只記得他說：「像豬血，挺好的。」大門的招牌原是簡單地用射燈照著，曹總要求用字後透出光的背燈，所以又要再裝。待我們把辦公室裝修好時，已經又過了三個月。

在這期間，我們當然不會只是搞裝修，什麼也不幹。我們的開發團隊已經把交易平台的「原型」（Prototype）做了出來，而 Michael 亦找了兩位老客戶來開設計工作坊（Design Workshop），給我們一些意見。Janet 則幫我們找到兩家大型的國際銀行，作為我們背後的「造市商」（Market Maker）。

所謂「造市商」，就是當我們要平倉的時候，提供現貨給我們結算的金融機構。譬如我們的客人要買英磅，我們手上又沒有英鎊的時候，便需要更大的銀行把英磅賣給我們。否則，基於風險管理的要求，我們便不能接受客人的訂單。久而久之，就算平台再好，若客人總是無法確認交易，便會慢慢流失。你可以想像，我們是一個外匯的電商平台，而造市商則是平台上的供應商或大商家。

正當我們準備用敏捷（Agile）開發的方法，盡快把

產品做出來時，曹總卻又忽然跟我說：「我在北京有一個開發團隊，是我自己的投資，我希望你能夠用他們作為開發的資源。當然你有最終決定權，你是總裁嘛！」不知道是否我的錯覺，他嘴角好像泛起了一絲陰惻惻的笑容。

雖然曹總說決定權在我，但我當然不會違逆他的意思。北京團隊的負責人姓蕭，大家叫他蕭校長或簡稱蕭校。第一次通電話，他便不經意地流露出對我們開發團隊的鄙視，在他看來，我們用的技術都是老古董。於是，蕭校的團隊開始參與我們平台的設計，卻總是畫蛇添足，越幫越忙。

首先，我們明明簡單直接地把數據寫到數據庫，蕭校卻堅持要用「事件溯源」（Event Sourcing）的方法，把事件數據儲存在分佈式的數據庫，每次要找出帳戶結餘都要從一堆交易中算出來。由於，技術未成熟，「事件溯源」還不斷導致數據丟失，甚至在結算時，帳本完全對不上來。為了解決問題，他們又加了個 Zookeeper，監控不同數據庫之間的同步情況。結果我們又要同時監控 Zookeeper 的心跳，保證它在監控我們的數據庫。反正就是架床疊屋，越弄越複雜，到了大家都沒有辦法修改或維護系統的地步。

Chris 對此當然非常不滿，一口氣地說：「小寶兄，我放棄穩定的工作來跟你，是為了能學以致用，在你平台的基礎上建設智能投顧的引擎。現在別說收集大數據，連完成一個普通的交易也提心吊膽，怕那交易又丟失了，要賠給客人。你叫我如何不焦急？」

我認識 Chris 那麼久，從未聽過他如此流暢地說這麼長的句子，一點口吃也沒有，明顯就是在盛怒之中。

他停了一秒，忽然面紅耳熱地加了這一句：「小寶兄，蕭校和我，兩個只能活一個，你選！」跟著便頭也不回，揚長而去。

我也明白，作為一間新創公司，產品固然重要，團隊卻才是核心。所以我從善如流，把開發團隊分為兩隊，蕭校和 Chris 各自管理自己的隊伍，研發產品中不同的模塊。坦白說，我對蕭校是沒有期望的，若然他們真的能開發出好的東西，那是錦上添花，否則我就當是交稅給母公司。

自此之後，每次和曹總開會匯報進度時，蕭校和 Chris 總是要互相指控，貶低對方的技術能力，怪責對方拖延進度。協調這兩個團隊的重任，最後就落在 Michael 身上，我則努力地尋找客人，實在沒有空解決這些「婆

媳糾紛」。

從事銷售的同門，一直有個辯論，就是究竟賣零售客人（B2C）容易，還是賣企業客人（B2B）容易？其實各有各的難處。賣零售客人，主要靠市場推廣，包括線上與線下的廣告、營銷與推廣的活動、促銷與忠誠度的優惠等等。基本上就是花錢便有聲音、有聲音便有交易，然後就看你在「接觸點」（Touchpoint）的客戶體驗以及售後的服務質素。賣給企業客戶，則主要靠管理層的關係，產品與服務當然也重要，市場口碑亦是一大因素，到了客人招標的時候，便已經是最後階段了。想單靠一份好的標書便中標，簡直就是癡人說夢。

我們交易平台的銷售對象是國內的外匯經紀，亦稱券商，所以銷售的模式便是對公銷售，即賣企業客人的模式，結果當然少不了在國內吃飯灌酒的「禮儀」。

辦公室的裝修折騰了三個月之後，我們終於正式開張，曹總更為我們賜了名，叫 Sigma Square。我亦正式由集團的 CIO 變成金融科技公司的 CEO。就在切燒豬的那天晚上，曹總的兩位老客戶特別來香港道賀。他們一間立足於澳洲，叫 Multiply；另一間來自天津，叫金元寶。

晚間的慶祝活動當然不少得勸酒。Multiply 的 CEO

是澳洲人，甫一坐下便點了幾打啤酒。大家一點東西都未吃，那幾打啤酒便已消失在大家的肚裡了。這時曹總才終於來到，為大家致辭。致辭當然免不了開幾支香檳祝酒。酒過三巡，終於上前菜，餐桌上早已堆滿了紅酒與白酒。大家殷勤地互相道賀、互相祝酒，互相勸飲正當我還在勉力而為的時候，我發現 Michael 已拿著一張紅色的餐巾，裝作在每次乾杯之後抹一抹嘴，其實是把紅酒都吐出來。

轉瞬間，主菜便上了一半，大家忙著喝酒，很多人還未真的開始起筷。我看見 Janet 早已滿面通紅步履不穩，曹總卻還是容光煥發、談笑風生，縱然乾了一杯又一杯，仍是一點醉意都沒有，我有理由相信他在吃飯前早已吃了解酒藥。我由於沒有經驗，不知道這一餐飯是這樣大的一個挑戰，一點準備也沒有。早知如此，就算不吃藥也必須要先吃點東西才來。

在大家開始進入半昏迷的狀態下，金元寶總裁的助手忽然從公事包裡拿出幾支茅台。我面色都變了，連忙偷偷地拿了一支水放在大腿上。

金元寶的總裁走過來跟我說：「小寶總，祝你大展鴻圖！我乾了，你隨意！」之後整晚我再聽不到另一句話，耳邊就只有「我乾了，你隨意」。為免公司未上市，

人就升了天，我開始偷偷用水把酒杯注滿。接著，金元寶的 CFO（Chief Financial Officer，首席財務官）又過來敬酒，Michael 輕聲地說：「老闆，你還是先把你的地址留給我吧。」我點點頭，把我的地址告訴了他，以備不時之需。

金元寶的高層輪番來敬酒，乾了一杯又一杯。這時候 Michael 已坐在我旁邊，想偷偷地用一杯水把我的酒杯換掉。我沒法告訴他我壺中的那些已經是水，所以搖了搖頭，叫他不用多此一舉。我估計他是非常擔心的，而我內心亦很感激他。

「隨意」了很多杯之後，Multiply 的總裁開始接力，他們不喝茅台這些中式的白酒，而是拿著家鄉的紅酒來勸飲。雖然我現在飲的大部分都是水，但在金元寶的車輪戰之前，我已飲了不少啤酒和香檳，把不同的酒混合來飲，還要有氣，是飲酒大忌。現在這些澳洲人拿著紅酒來敬我，我已不可能用白開水蒙混過去，結果又乾了幾杯。不過我發現，我們的客人其實亦早已醉得胡言亂語，所以我叫侍應過來，給了我一杯西瓜汁。說你也不相信，那些澳洲人竟然看不出那些是西瓜汁，可想而之他們已經喝了多少。

西瓜汁支持了一會兒，侍應便說已經賣斷了。西瓜

汁也會沒有貨？難道不只我想到這個點子？無論原因是什麼，結果是一樣的，就是開始要「打真軍」。這時候，最可怕的事發生了：曹總竟然親自勸酒！客人可以蒙騙，自己的金主不能了吧！我唯有急忙放了一塊雞肉在嘴裡吞下，然後和他硬乾了兩杯茅台。我眼尾看見站在後面遠處的 Frankie 也蠢蠢欲動，想過來敬酒。我連忙裝作要嘔吐，跑到廁所尿遁。

在廁所待了差不多半個小時，估計外面還未倒下的人都應該已經倒下了，我才輕手輕腳地潛回我的餐桌旁。環顧四周，房裡四張大圓桌，都爬滿了半昏迷的人。只有曹總和另外兩位總裁依然屹立不倒。我心裡是由衷的佩服，我相信曹總不會像我一樣做假，所以就算有食藥，能撐到現在仍是了不起的體質。

終於，等到曹總說「差不多了」時，大家才立即互相攙扶著離去。Janet 一出酒樓門口，便嘔得滿地都是，我不怕污穢，扶著她等的士。細心的 Michael 也問過了她的地址，並交給我，因為他自己要忙著照顧昏迷不醒的 Frankie。

曹總這時走過來我身邊，拍了拍我，笑著說：「小寶，別以為我不知道，你應該並不是喝了很多，對吧？」我尷尬地笑了笑，當然不敢回答他。

把 Janet 送到她家的門口時，她已經沉沉睡去了。她家的門鎖是密碼鎖，我於是致電 Michael，問他知不知道密碼是什麼。

「我不知道……，有沒有試過 0000 或 1234 ？」Michael 喘著氣說，相信他仍在拖著 Frankie 回家。

「試過了。那你知道她的生日嗎？」

「也不知道。但我知道她好像是處女座。」

於是我就開始把處女座 31 天的每個月、日組合輸入一次，即 0823、0824……幸好她是八月尾生日，竟很快被我猜中，打開了門。

Janet 家裡窗明几淨，沒有什麼雜物與擺設，只有一般日常所需的用品。餐桌上堆滿文件，廚房卻是新簇簇的。我拿了杯水給她，但她意識還是很迷糊，所以我把水放下就靜靜地離開了。

# 驚濤駭浪

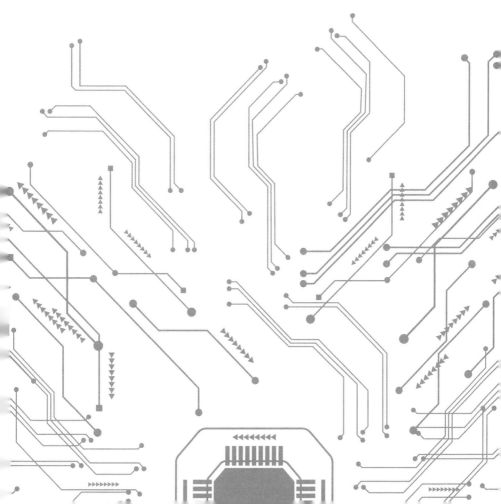

隨著客人開始訂用我們的服務，我們要開發的功能亦越來越多。北京蕭校那邊確實也幫不了什麼忙，所以我開始物色其他的開發人員。

本地的開發人員供應少、人工高，亦非常不穩定，平均半年至一年便會離職。我於是去到四川重慶，和當地好幾間外包商討論合作。重慶的工資比不少一線城市都低，員工亦比較忠心，我們於是建立了一個有五、六位工程師的小團隊。Chris 負責培訓他們，讓他們理解我們業務的運作，以及我們對技術規格的要求。

當然，要合作，少不免要吃吃飯、喝喝酒。然而，重慶還多了一項要求，就是要能吃辣。我在重慶的一個星期，幾乎晚晚都是麻辣火鍋。辣度好像只有大辣、大大辣和超大辣三款。結果我每天早上都沒法子去開會，只能待在洗手間懷疑人生。無論如何，合作還是順利開始了。

正當我們平台的開發漸上軌道的時候，曹總忽然要求看我們產品的演示。我們安排了 Chris 一步一步地把平台的功能展示給曹總看，曹總卻看得直搖頭。Chris 有點不明所以，Janet 和我則已經猜到了一半，心一直沉下去。

「為什麼改密碼也要按三下才能改？」

「那是因為安全的考慮……。」Chris 囁嚅著說。

「為什麼用這個字體？一點也不專業。我們服務的可是高端客人！」曹總開始咆哮。

「但是我們是對公的平台，用家都是企業客人，不是零售客人……。」

「還有還有，這好醜的顏色是什麼？鴨屎綠色？有那麼多種綠色，為什麼要用這一個？」那張 20 萬的會議桌開始受到鐵沙掌的重擊，好像隨時會粉碎。我心裡捏了一把汗，不知道是擔心桌子多些還是 Chris 多些。

如此這般，本來開一小時的會議，開了六個小時。

曹總還邀請了 Selina 來一起開這個會。Michael 之前告訴過我，Selina 是曹總的情人，所以不能冒犯。我自問看不出來，也不知道這是真的還是假的。

無論如何，Selina 是一個非常仔細和謹慎的人。當 Chris 解釋如何重設密碼時，Selina 本著 MECE（Mutually Exclusive, Collectively Exhaustive）「彼此獨立，互無遺漏」的精神，不斷模擬不同的情景：「如果我丟了手機，讓別人拾到，能夠接收一次性密碼，他能不能偷取我的帳戶？又如果除了手機，也掉了身分證，那又能不能駭進我的帳戶？」諸如此類的問題，問個沒完沒了。如果

不是因為她和曹總的關係，我早就把桌子掀翻，逃出會議室了。

由於他們對客戶體驗如此執著，我們發現重慶的開發人員是無法滿足這些需求的。於是，Janet 又和我們飛去台灣，尋找其他的外包開發公司。

雖然飛台灣是很快的航程，但最近不斷出現空管，不少航班都有幾小時的延誤，我們也在機場貴賓室待了兩小時才可以上機。沒料到，外表非常強悍的 Janet 在貴賓室時，忽然羞羞地跟我說了一聲多謝。

我有點意外：「為什麼忽然多謝我？倒是我應該多謝妳為我們四處奔波。」

「不是的，我只想多謝你上次把我送回家。」

「啊，我都忘了。應該的，不用客氣啦。」

Janet 好像還想說些什麼，最終點點頭嫣然一笑，什麼也沒再說。

不知怎的，她這個欲言又止的神情，竟然讓我覺得有點嫵媚。

我們到了台北的外包商辦公室，發現好幾家國內大型的金融科技公司已經在這裡落戶，其中包括了聚寶集

團的開發中心。看見這個情況，我已經知道沒有一間外包商會有好的人才，因為他們無可能跟這些大型的科技公司競爭。

所以我們很快便決定轉移陣地，去台南和高雄碰碰運氣。

高雄明顯比台北平靜，科技公司亦相對比較少。然而他們的開發團隊並不比其他地方差，特別是在用戶介面的設計上，有不少人性化與遊戲化的設計。在初次會面中，他們展示了一個為財富管理公司創作的手機程序，裡面有一架名貴房車的底盤，概念是讓客人透過定時的儲蓄與投資回報，慢慢累積足夠的財富去買他心愛的房車。所以，每當結餘多幾千元，那架房車的圖案便會多一個零件，直至整架房車出現為止。

Janet 和我都很滿意，於是就在幾天內商討好合作的框架。在這裡，民風也比較純樸，再不用喝酒喝到肝壞死，也不用吃辣吃到胃潰瘍。

難得有時間剩下，Janet 和我決定來個短短的旅行。我們去了吹微風的海岸、賣土產的商店，最終來到壽山忠烈祠，俯瞰著整個高雄港。這時夕陽西下，Janet 和我也有點累，便雙雙坐下欣賞黃昏的景緻。

「小寶，雖然我們只是合作了六個月，但我還是挺欣賞你的。」Janet 說。

「噢，真的？謝謝！我覺得我只是勉勉強強生存至今而已。要滿足曹總這種主席，沒有像妳這樣熟識他的人協助，我應該一點機會也沒有。」

「不是的。在你之前其實也有不少人試過跟他，都失敗了。他們受不了曹總什麼都要過問，動輒就大發脾氣，又處處護著他的老員工，所以一般都挨不過六個月。」

「真心謝謝妳的肯定。那麼妳又如何能在曹總底下工作那麼久呢？聽說妳已經入職十年？」

「是的。我在大學時是讀翻譯的，一畢業就加入了這間公司。當年大家都覺得曹總覬覦我的美色，才招我回來。老實說，我並不覺得自己很漂亮，但因為 Selina 的過去和我有點相似，都是畢業後就加入，都不是金融本科，所以讓人產生不少遐想，甚至不敢追求我⋯⋯。」她向我笑了笑，又繼續說：「因此，我要比別人加倍努力，亦常常要不苟言笑，集團的人才會尊重我⋯⋯，不過話說回來，我的金融知識全部都是曹總教的，所以儘管常被人誤會，我還是很敬重他。」

「Janet，我覺得妳想多了。首先，妳這麼能幹，就算不板起面孔，別人也會尊重妳呀！其次，妳是真的漂亮，那天晚上第一次見面，我已經常偷望妳，只是妳沒有留意而已。」

Janet掩著嘴笑了起來：「是你以為我沒有留意而已，我當然知道你在偷望我。」

我尷尬地笑了笑：「真有那麼明顯？」

「嗯……也不算，也許因為我也整晚在偷望你，只是比你高明而已！」

我們相視一眼，然後忍不住大笑起來！

那一晚我們還去了夜市吃宵夜，玩得十分愉快。別人也許會覺得我們應該很快發展成情侶吧，然而我對辦公室戀情總是有一點戒懼。同事間的流言蜚語，甚至明目張膽的取笑，其實我也不會太介意。只要對方不是直接向我匯報，工作不會牽涉到她的升職加薪，我也不會覺得有利益衝突。最大的問題反而是分手之後，還要天天碰面，那情況就會很尷尬。所以，如果我們真的要開始談戀愛，必須要對這段關係非常肯定、非常有信心，不能只抱著試一試的心態。我們已經不是年少無知的年輕人，大家都顯得較為謹慎。

一個星期後，當我回到總部的辦公室時，Chris 很興奮地告訴我，他把智能投顧的引擎成功整合了在我們的交易平台，從此能夠參考實時的數據流與產品的「風險值」（Value-at-Risk）進行套戥【註9】獲利，並給予投資者投資建議。現在而配合台灣開發團隊的精美介面，更是如虎添翼。

當然，市場也是瞬息萬變的。我們的交易平台資訊豐富、功能齊備，比較適合專業的投資者。國內市場卻開始流行「二元期權」（Binary Option），投資者只需要猜對五秒後牌價是升是跌，便能獲利，就像在賭場賭大小一樣，這項新產品非常受到零售客戶的歡迎。海外市場亦開始流行「社交交易平台」（Social Trading Platform），每星期平台會選出最有眼光的投資者，其他人只需要按一個鈕，便可以複製他的投資策略。

因應這些變化，我們開了幾天會，討論產品發展的方向。然而，Janet 提醒我們，我們的資金已經所剩無幾了。

---

【註9】套戥：又稱「套利」。是一種投資策略，指投資人在同一市場或不同市場中，利用某種資產的價格差異，通過低買高賣的方式，賺取低風險或無風險的資本利得。

「每個月租金近百萬，以及近 200 萬的裝修，再加上同時有本地、北京和台灣的三個開發團隊要養，中間又浪費了一些時間在重慶，結果到現在還未有收入。這就像一支兩頭都在燃燒的蠟燭一樣，現金結餘很快便會見底。」她擔憂地說。

Michael 接著說：「加上必須盡快升級我們的數據中心。由於預算實在太少，現在的管理非常不妥。上星期我去視察的時候，數據中心竟然有五厘米深的積水。最有趣的是，我看見青蛙在主機架之間跳來跳去，還不只一隻，而是兩代，一家大小！」

我答道：「知道了。那我們還有幾個月的跑道？」

「最多兩個月。」

「可以請求曹總注資嗎？」

「我相信他不會肯。」

「那我們是否要貸款？」

「我們不能有債，否則將來市值便會大打折扣。」

「好的，大家聽到了？團隊們，我們只有一個選擇，就是盡快把平台弄出來，盡快有現金流。」

雖然 Janet 說機會不大，但我還是約了曹總在商場的法國咖啡室吃早餐，看看有沒有辦法請他注資。畢竟，很多錢其實都是他花的呀！

曹總一邊切他點的法式薄烤餅，一邊問：「你們還有多久才能有收入？」

「現在平台已在測試，估計還要三個月。」

「那也不是差很多，就一個月而已。加班便行。」

「曹總，我們其實已經天天在加班了。」

「那就裁員吧，開源不行，就唯有節流。」

「曹總，公司還未上軌道便開始裁員，對士氣影響太大了。」

「一個小時的面試根本就看不出適不適合。試用期的意義就在這裡，若不是菁英，就必須要盡快裁掉。新創公司不比大企業，不能養冗員。」

「曹總，其實我們的人手已頗為精簡，成本主要花在開發人員身上，也可以說，錢都已是用在刀口上了。」

曹總這時抬頭望著我，充滿熱情地說：「小寶，你別擔心。我的目標是讓你們上創業板，不需要真的盈利。

你只需要有持續兩年的淨現金流便行，上市之後你就有錢了。這樣吧，我開始幫你安排律師、會計師和投資銀行吧。」

就這樣，我的總裁生活由天天見開發人員，變為天天見金主。

我一直都是一個搞技術的人，所以準備上市還是讓我大開眼界。首先，律師要重新檢視我們所有的合約，包括我們與客人簽的，以及我們與供應商簽的。每天的討論讓我覺得律師和我們的軟體工程師其實差不多：大家說的都不是人類的語言。結果，大家一起開會就完全是雞同鴨講。

會計師則不斷嘗試粉飾（Window Dressing）我們的財務報表，將我們的支出巧立名目，轉成資產，還要分開100年攤分。同時，也要處理我們和KEC的合約關係，因為集團是上市公司，我們提供給他們的服務必須以市場定價，亦要符合交易所的要求，例如有關關聯交易的比例測試（Size Test）等。

知識產權亦是另一個大問題。作為一間科技公司，最重要的資產就是我們所開發的軟體。如何證明哪些軟體是我們自己開發的？哪些是從第三方買來的？哪些是

集團也共同擁有的？成了一個很大的問題。不少軟體其實包含了第三方的模塊和開源（Open Source）的程序，要清楚界定系統上所有的知識產權不是一件簡單的工作。

且到找柵潛仕的投資人討論集資上市的方案時，我才終於知道 200 萬的裝修價值在哪裡。每次有大財團與大型投資銀行來開會，都會被我們全海景的會議室和 20 萬的會議桌打動，覺得我們的業務必然做得風生水起，因此非常樂意協助我們。

曹總早就料到這一天。他跟我說：「生意今天有多大，看收入預算得多大；生意未來有多大，看舞臺搭建得多大。」在這方面，我是真心敬佩他。

當然，搞上市是遠水不能救近火。曹總提供了一個暫時的解決方法，就是把 KEC 的科技支援服務外包給 Sigma Square。這樣我們雖然有收入，但是又同時需要額外招聘營運的人手，其實變相增加了成本。KEC 的交易時間是 24 小時乘 6.5 天，所以必須要有至少三位操作員（IT Operator）輪更上班。雖然成本增加了，我們卻不能開天價。一來因為買單的其實是 Selina，而她又非常精打細算；二來因為我們和上市公司是關聯交易，要符合比例測試，結果仍是杯水車薪。

這個服務進行不夠一個月，我們的操作員便犯了一個錯誤，晚上少做了一個步驟，導致開市時，系統當機五分鐘。對我們這種每秒過百萬美元上落的交易平台來說，當機五分鐘便要賠償過十萬美元給客戶。意外發生那天，我剛巧外出和客戶開會。當我回來的時候，才發現曹總已特意來我們的辦公室，親自把那位操作員裁掉。我怒急攻心，立即跑去找曹總理論。

我強抑著怒氣說：「曹總，你貴為主席，幹嘛要管這些小事？」

「小寶，你們現在虧的，是我客戶的錢，賠的，是我的錢，我當然要管！」

「曹總，就算要裁員，我們也要給他通知期，我亦要找一個替代的同事。我們平台 24 小時運作，最少要有三個同事，你裁掉一個，那誰來上夜班呢？」

「這個是你的問題。團隊的質素反映領導的能力，你們再犯錯，我就不會讓 Selina 繼續用你們的服務。」

結果回到辦公室，我當然又要和團隊進行半天的心理輔導，才勉強恢復我們的士氣。

一個星期之後，正當我忙於思考產品發展的方向、處理三個開發團隊之間的磨擦，以及揣摩律師和會計師

的要求時，又發生了一件小事情：我們遭到駭客 DDoS
（Distributed Denial of Service，分散式拒絕服務）的襲
擊。

由於我們資金緊絀，並沒有購買有關 DDoS 的防禦
方案，幸好駭客襲擊的時候是晚上交易量不多的時候，
影響還不算太大，但曹總仍是很緊張。駭客勒索我們約
30 萬等值的比特幣（Bitcoin，BTC），曹總知道後，親
自跑到我的辦公室，叫我付贖金。

那時已是晚上 11 時，我實在沒有精神和耐性再和
顏悅色地跟他談，所以很直接地回絕了他：「你現在付
30 萬，聽起來好像不多，但他們食髓知味，明天就會要
100 萬、1,000 萬，你是不是要把公司全都葬送在他們手
裡？」

曹總則不斷重複：「你知道每停一秒鐘，我們虧損
多少錢嗎？」

曹總和我一直在辦公室內對峙，首席財務官 Edward
則拿著電腦坐在一旁等待我們的決定。曹總不斷咆哮著：
「付錢！」我亦提高聲量：「不付！」幸好僵持了半小
時之後，Michael 門也沒敲，直接衝進了我們的辦公室，
宣布已經透過世上最大的雲端供應商 Cumulus 提供的額
外頻寬，把駭客的攻擊引流至另一些主機，系統亦恢復

正常了。

諸如此類的事件還有很多。所以我經常跟別人說：「別以為做到總裁，你就是老闆，什麼都是你說了算。總裁之上仍是有金主。維持與董事會的良好關係，也是總裁工作的一個重要部分。」當時的我在這方面實在太沒有經驗，唯有不斷學習提升自己的溝通能力與情商。

好不容易挨到第 12 個月，平台在一個月後面世，現在開始讓如 Multiply 和金元寶等老客戶先試行。這時候 Janet 又衝進我的辦公室，跟我說：「小寶，我們的銀行帳戶已經一毛錢都沒有了，因為幾個月沒有付費，電話與網路都已經被斷掉了。」

Chris 在旁邊聽到，忍不住高聲說：「不是吧！」

這個就是辦公室太小的問題，我們團隊基本上沒有什麼秘密。

我只好大聲宣布說：「各位同事，請大家帶手機上班，用手機上網，工資我們是一定會發的。」

幸好平台終於投產，幾個月後我們終於開始收支平衡。

就在我以為最困難的危機都已經過去時，國內又發

生了一件大事，那就是鋼鐵證券的爆破。

正如之前提到的，國內的證券公司由於缺乏平倉的能力，一般都會和客人對賭。我們的平台正是讓他們平倉或購買對沖合約的地方，目的在於減少風險。由於市場對這種服務的需求非常大，所以我們很快便簽了5、600間證券商，卻不包括鋼鐵證券。鋼鐵證券的規模非常大，全國有萬多間分店，更在二線城市運作大型的商品交易所。據說，他們單是每年要交的稅款便已超過一億，他們的利潤可想而知。

我們的銷售團隊不是沒有找他們談，但他們實在太忙，太多錢要賺，未有時間應酬我們。怎料歐洲某國的貨幣忽然脫歐，導致幣值大跌 30%，鋼鐵證券手上有個很大的倉位，加上百倍槓桿，讓他們立即陷入財困。本來，他們可以找另一間券商拯救他們，但他們的老闆是個懦夫，竟然選擇捲錢逃走。結果，全國很多省市都出現鋼鐵的苦主。國家要求監管機構迅速介入，監管機構便立即連續出了幾張紅頭文，要求取締所有券商的業務，理由是他們並沒有在「服務實體經濟」。

在某些城市，取締的手法非常粗暴。一些執法人員會跑到券商的數據中心，直接把插頭拔出，沒收主機。把在線的交易主機拔掉，造成的損失不可勝計，我們簽

下的過百家券商，不少就這樣倒閉了。也有一些勇敢的券商，把主機放到大型貨車上，利用無線網路連接，好能在看見執法人員時，立即開車奔逃。

在這種情況下，我們的如意算盤是打不響了。在談的投資者都離我們而去。曹總這時又發揮了主席的功能。他在國內動用他的關係，找到這次取締行動的實際得益者，即那些有國企背景的證券商。要杜絕非法賭場，其中一個方法就是把賭場國有化。

雖然知道國家券商不會被取締，但要把他們變成我們的客人，機會實在太微小了。所以曹總啟動了賣盤的「盡責調查」（Due Diligence），希望能把我們的業務賣給他們。

和國企交手當然又跟民企不一樣。開會討論的已不再是投資與回報的問題，也不會提到市場潛力與佔有率。話題主要圍繞國家的政策、不同領導在不同日子的講話，以及如何符合最近的五年規劃。晚上的飯局，酒比以往都喝得凶，甚至連曹總這樣的酒量，都喝到站不穩。我的普通話說得普普通通，就連赴會的資格都沒有。

經過了七個月的磨合，我們和其中一間國有的證券商簽訂了合作協議，把我們的業務、客戶和平台全都賣給他們。我的團隊變成了國企旗下的一個小業務。

作為 Sigma Square 的總裁，我其實只有公司的股票期權，沒有公司的股份。所以當公司不再上市，我便只有曹總送給我的一筆花紅而已。曹總自己當然賺了不少，交易完成那天他就買了一隻幾十萬的名錶。聽說一年之後，那些和我們協合作的國內領導就被調查，之後相繼入獄，詳情我當然就不知道了。

在交易完成後的第二天，Chris 來找我說：「小寶兒，我就是不想成為國企員工，才跟你創業。現在到了這個田地，你是否會繼續待下去？」

「老實說，我也正在想這個問題。若然離開這裡，我們可以搞些什麼呢？」

「記得之前駭客勒索我們時，要的比特幣嗎？以往一直都是科技小圈子的玩意兒，最近卻開始火起來，而我則覺得大有可為。反正我們也是在做外匯交易，轉做加密貨幣應該不難吧？」

「但是我們團隊誰會懂得這方面的技術呢？你懂嗎？」

「也是，我也沒有碰上懂得這一塊的人，也許時機還未成熟吧！」

關於加密貨幣的這個討論就不了了之。一個月後，

我北上到新公司的總部述職。就在樓下等待總部的同事接我上去的時候，走到大堂的書局閒逛，發現了一本書叫《區塊鏈：技術驅動金融》，是普林斯頓大學的教授與史丹佛大學的博士等專家編寫的，書中解釋的不是比特幣等加密貨幣，而是底層的區塊鏈技術。雖然這本書是中文譯本，書中用字對我來說有點陌生，但我仍站在書局裡看得津津有味，加上在機場無止境地等那不斷延誤的飛機，我很快便把書讀完。

回家後，正好收到 Ben 的一封電郵。他仍是在 Monday 工作，但他告訴我雲端供應商 Cumulus 正式在我們的商業區開了第一間辦公室。他正認真考慮是否要加入他們，實現「銀行雲」的夢想。

聽他這樣說，我也好奇起來，於是第二天中午我便自己走上去那公司的新辦公室。辦公室內一點裝修也沒有，只有三座放在中央閃動著的機櫃，像蜘蛛網般盤根錯節的電線，以及一位年輕的外籍工程師，彷如陷在盤絲洞中的玄奘一樣，正跌坐在地上，目不轉睛地盯著自己的電腦螢幕。

我走過去自我介紹時，他才發現我的存在。他告訴我，他自己來自矽谷，名叫 Stephen，是公司派來這裡的第一位員工。他說的時候，亮出他的職員證，果然真的

寫著：「00001」。我問他們的業務是什麼，他說他只是一個工程師，有關業務的事他不管。那我又好奇地問他正在幹什麼，他忽然變得很興奮地說：「我正在挖礦（Mining）！這是我自己部署的以太坊網路，全部軟體都是開源的，你想試試看嗎？」

我看著他的螢幕，只見有好幾個視窗，數字不停地在跳動，卻看不出有什麼值得興奮的地方。幸好我剛剛讀完區塊鏈的書，大概知道挖礦是在做什麼。所以能夠不懂裝懂地繼續和 Stephen 聊。

「呀，這是你的私鏈，不是公鏈吧？那你自己挖的礦又有什麼意義呢？」

「公鏈」或「公有鏈」是指全球部署的網路，任誰都可以下載客戶端，加入營運；「私鏈」顧名思義就是私人的，是閉環的網路，挖了以太幣出來，也不能賣出去。

「小寶，我不是為了加密貨幣才弄這個的。這技術本身是個偉大的發明。以往若我們把數據分佈，便要在數據一致性（Consistency）與可用性（Availability）之間做出取捨。就好像我和你一起在編輯共享資料夾裡的試算表，如果我和你隨時隨地都可以改試算表裡的數據，

那可用性當然很高，但數據的一致性便不能保證了，因為我的更新會覆蓋你的更新。

「如果要保證數據的一致性，我們便要先把檔案鎖定後才能進行更改，那麼我在改這檔案時，你便不能用了。換句話說，系統可用性減低了，因為你必須等我再次釋放檔案後才可以工作，這個就是著名的 CAP Theorem。區塊鏈的出現終於解決了這個問題，提供的可用性之高，可以讓全球錢包用家同時在交易，卻又利用共識機制（Consensus Mechanism），保證了數據的一致性。這才是區塊鏈最厲害的地方。」

「你所謂的共識機制，就是挖礦，對不對？」

「透過挖礦確認交易，只是其中一種共識機制，真正的名字是『工作量證明』（Proof of Work，PoW）。我們又可以用『持有量證明』（Proof of Stake）、『儲存量證明』（Proof of Storage），甚至拜占庭容錯（Byzantine Fault Tolerance，BFT）協議等更快、更省電的方法。」

Stephen 越講越興奮，亦越講越複雜，很快我的思維便跟不太上。不過多年的諮商服務，讓我裝作專家的演技變得爐火純青，他一點也沒有察覺出我的無知。最後

還很興奮地教導我如何在自己的電腦裡，部署幾個以太坊的數據節點（Data Node）。

到了週末，我跟從 Stephen 的指示，整整花了七個小時，才把區塊鏈部署起來。當我的系統正式開始挖礦的時候，已是翌日的凌晨，我興奮得立即致電給 Chris。

「老闆，你知不知道現在幾點？有緊急事故？」

「不是的，是我終於在自己的電腦裡，生產了第一個『小寶幣』！」

「什麼是『小寶幣』？」

「兄弟，簡單來說，我已掌握了區塊鏈的應用技術，我們一起再創一次業吧！」

# 區塊鏈熱

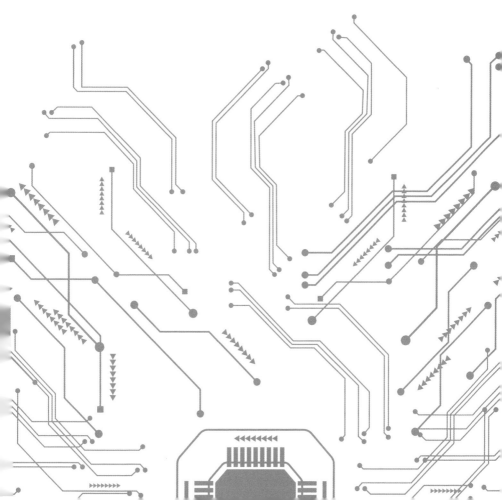

我本來以為，離開曹總時，他必然會留難我，怎料他很爽快地答應了。我估計是因為他聘用我的目的已經達到——雖然公司沒有上市，但我為他打造的金融科技公司，已經為他賺了個翻罷。於是，我帶著 Chris 和 Michael 一起離開，關閉在台灣的開發中心，然後把科技部的工作全部交給北京的蕭校。Chris 成為我們新公司的產品總監，Michael 則是營運總監，亦即大內總管。

臨走的時候，曹總和我最後一次在那間法式餐廳裡吃早餐，氣氛尚算輕鬆愉快。我問了曹總一個問題：「當初為什麼要花那麼多錢在辦公室裝修呢？」

曹總笑笑說：「我孵化了那麼多公司，學懂了一件事，就是：你花 CEO 的錢花得越快，他們賺錢也越快，因為他們越缺錢，就越勤力。」

聽到這個答案，我真是有點哭笑不得。曹總還有很多不同的怪論，至今我也不知道他是對還是錯，但是我知道我是永遠無法照單全收的。

正式離開 KEC 後，我很誠意地邀請了 Janet 和我們一起離職。但是，她的心仍是忠於曹總，不願離他而去，所以我沒有勉強她。事實上，我們對於搞區塊鏈業務亦不是十分有信心。始終技術還是比較新，法規也不是很清晰，所以我也沒有很大的信心為她提供一份穩定工作。

我們這次並沒有用曹總的策略，跑去租最貴的辦公室，而是把公司開在科技園在市中心的辦公大樓，希望量入為出，加長跑道，可以多做幾個不同的嘗試。我拿著自己部署的區塊鏈原型，開始四處找潛在的客人傾談，用的正是 Ben 以前教的「畫餅」策略：「先畫餅，立即賣；有人買，才整餅」。

初時，我們賣的是「公有鏈」（Public Blockchain）的技術，可以讓所有用戶匿名交易。不過由於它是匿名的，所以特別適合洗黑錢。譬如說，我在「暗網」（Dark Web）聘請一位殺手，只需要用 20 萬美金便可以請他殺了我的仇人。但如果我付給他的是一般美金或人民幣等法幣（Fiat Currency），那他便無法把錢存入銀行，因為他沒有資金來源證明（Source of Fund Proof）；但是如果我付給他的是比特幣，他便只要說是從投資加密貨幣所賺取的回報，便可以把錢存進銀行了。

這樣做的前提就是：有人肯用法幣買他手上的加密貨幣。誰會幫他這樣洗黑錢呢？那就是所有想投資加密貨幣賺快錢的普羅大眾。每個想買比特幣投資的人，其實就是為罪犯提供資金的流動性（Liquidity）。天真的我們當時並不知道，直至接觸了好幾位客戶之後。

開業不久，我四處參加不同的講座，接受了不同的

媒體訪問，介紹區塊鏈技術，甚至即席表演挖礦，吸引了各式各樣的人來我們辦公室。終於，有兩位來自馬來西亞姓張的父子來找我們。

他們說是星旗銀行鄧老總的兒子 Aaron 介紹的。見是熟人介紹，我們當然熱情款待。他們身穿典型的馬來西亞花襯衣，說話夾雜英語與粵語，帶著濃濃的閩南口音，明顯沒有受過很多教育。大家一邊坐下，一邊喝著咖啡，開始聊了起來。

原來這對父子本來是營運家俬裝修店，後來上網開了個炒賣外匯的帳戶，開始幫左鄰右舍炒賣，賺取差價與佣金，當然自己少不免也坐盤，對賭倉位。他們用來買賣外匯的銀行，就是星旗銀行。

正巧，Aaron 當時在外匯部實習，於是和張老先生這位大客人混熟了。然而，張氏父子很快就發現了加密貨幣這個新興投資工具。他們一開始也和別人一樣炒賣一些較流行的比特幣與以太幣。後來他們發現「達世幣」（DASH）回報更高，比其他加密貨幣更吸引人，於是就開始大量購入，因而賺了第一桶金。

不過，他們用來進行交易的加密貨幣交易所，因為經營不善而倒閉，於是他們就把資產搬到另一間交易所進行交易。如是者他們用過四、五個不同的交易所，到

他們想把這些資產變現的時候，才發現銀行並不能存入資金，因為他們無法提供資金來源的證明。

Aaron 對這些新興經濟很有興趣，一來因為他有很多朋友都已經沾手這些業務，二來他亦相信銀行業務必須改革才能追得上時代。當他知道我們在搞區塊鏈公司時，他便立即把這對父子轉介給我們，希望我們可以找出一個解決方法，讓加密貨幣市場裡的資金能夠順利在星旗銀行出入，那麼他以及星旗銀行在市場的形象將會大大提升，甚至他自己在家族裡的地位也會提升。

理論上，區塊鏈裡所有交易都有一個不能篡改的帳本紀錄，應該可以提供收入證明給銀行參考，不過，在區塊鏈上的交易都是透過匿名錢包來紀錄，因此必須有交易所的紀錄，才能把實名帳戶配對到這些匿名錢包上。由於張氏父子的交易有部分在已經倒閉的加密貨幣交易所，所以我們無法重塑兩父子的整個發跡史。

時至今日，兩父子的資產已有過億的規模，但是他們無法把錢存入銀行帳戶，更不要說匯到他們有外匯管制的故鄉——馬來西亞。可惜，我們對此亦愛莫能助。

張老先生聽完我們的解釋後，嘆了一口氣，說：「其實我們也是想最後努力試試看，當 Aaron 介紹你們的時候，我們也知道這個不是技術的問題，不過我們已經想

好了終極的解決辦法。」

Michael 很好奇，問道：「竟然還有其他辦法？」

張先生的兒子神秘地說：「我們會在另一個商品交易所，把加密資產變換成很多塊黃金，然後分批帶回馬來西亞，所謂『螞蟻搬家法』。」我們這才恍然大悟。

恭送他們離開之後，Chris 不禁說：「早知炒賣加密貨幣那麼賺錢，我們就不應該搞什麼區塊鏈和人工智能技術，應該搞個加密貨幣幫人炒賣，便早已發達了。」

Michael 不以為然地說：「但你又如何知道他們的加密貨幣真的是透過正當炒賣得來的呢？還是在幫貪污的官員洗黑錢呢？」

我笑笑說：「算了吧，這本來便不是我們開公司的初心。我們還是專注在區塊鏈技術的實質應用吧。」

過了幾天，我又有個大學同學跑來找我，名叫 Patrick。原來他就在科學園區開了自己的 IT 公司，主要幫中小企保持一些小型的 ERP 系統。那天，Patrick 在沒有預約之下忽然按我們的門鈴。我一打開門看見他，立即招待他進來喝咖啡。大家互道了近況，少不免回想當年，接著 Patrick 便開門見山地說：「小寶，我是因為看見你在社交媒體做的訪問，才知道你已經進駐了科學園

區，且做了我的鄰居，真是太好了。區塊鏈這種新興技術我真的一竅不通，不過我有個做運輸的客人好有興趣。他說想做什麼『ICO』，你知道是什麼意思嗎？」

我立即答道：「沒問題！所謂的 ICO（Initial Coin Offering），即首次代幣發行。一般來說，利用區塊鏈發行的代幣有三種：支付型代幣（Exchange Token，即所謂 Coin）、功能型代幣（Utility Token）和證券型代幣（Security Token）。支付型代幣包括一般的數字貨幣如比特幣等，主要用作匿名支付，特別適合買凶殺人或販賣軍火等場景，但也涵蓋後來與法幣掛鉤的穩定幣（Stablecoin）與央行數字貨幣（Central Bank Digital Currency，CBDC）等等。」

Patrick 問道：「ICO 就是發行這些貨幣？」

我答道：「可以，但一般來說，ICO 發行的是功能型代幣。功能型代幣一般是用來換取未來服務的代幣，有點像買美容店或按摩店的套票一樣。好幾個早期很成功的 ICO 發的都是功能型代幣。譬如 Brave 瀏覽器當年 ICO，發行一隻叫 BAT（Basic Attention Token，基本注意力代幣）的代幣，只用了 30 秒便集資了 3,500 萬美元。BAT 之所以有人買，是因為 Brave 未來會是一個能規避監控的瀏覽器，大家相信它將來會非常受歡迎，但它的

廣告欄位必須要用 BAT 代幣購買，所以預料會供不應求，以致今天有很大的投機價值，可謂奇貨可居。

「類似的 ICO 還有很多，包括可以用來換取分佈式儲存空間的代幣、換取分佈式算力的代幣，甚至換取將來能觀看此情影片的代幣。每次有 ICO，都會在毫無監管底下從大量匿名的用戶手裡非法集資千萬計的資金。由於所有過程在公有鏈上運作，加上代幣性質並未有清晰的定義，發行的地方亦無法追查，所以監管機構亦無可奈何。」

Patrick 一邊聽，一邊點頭，還很用心地低頭抄筆記。

我繼續說：「證券型代幣的發行則顧名思義是一種證券產品，讓投資者在未來賺取回報。比如說我把一棟物業分拆成為一萬個代幣，然後把將來獲得的租金平均分給這些代幣的持有者，這樣的代幣便明顯是一個投資工具。監管機構在這方面的要求則比較清晰。然而，投資者買了這個物業代幣後，在法律上是毫無保障的，我絕對可以把物業賣給其他人再捲錢跑掉，所以風險絕對不低。」

Patrick 對我的解釋好像非常滿意頻頻點頭。始終大家都讀 IT 出身，從事 IT 行業，就算不懂得弄一個區塊鏈平台出來，好歹也會聽得明背後的原理。其實網上集

資並不是一個新的概念，早就已經有新創集資的平台，好像 Kickstarter 便是一個成功的例子。ICO 之所以那麼火，一來因為他是一個現成的全球集資渠道，二來所有投資人都能夠匿名投資，不受任何地方監管，因此也是一個非法集資的好渠道。

我呷了口咖啡，根據從事多年諮詢服務的經驗，很自然地問 Patrick：「那你想發行的這個代幣，既然是為物流公司發行的，應該是功能型代幣吧？那你想用這些代幣換取什麼服務呢？價值在哪裡呢？為什麼一定要發代幣呢？」

Patrick 想了想，說：「當初想 ICO，是因為當貨物要被運往偏遠的國家時，當地的貨幣經常大幅貶值，所以為了保障運輸司機和工人們，費用若能以代幣的形式繳付會更有保障。」

「你說的是哪些偏遠的國家？他們有加密貨幣交易所嗎？如果沒有，那用戶又如何能買代幣來付款給你的司機呢？司機又如何換回當地貨幣來買飯吃呢？」

「小寶，這個你就別管了，反正就是一帶一路上的國家，符合國家的政策。」

「Patrick 兄，話不是這樣說。我們剛開業不久，項

目的名聲影響了我們的品牌啊！」

「你放心吧，這次 ICO 背後早已確認有接貨的金主，必然成功。」

「我不是擔心這個，而是不想新公司牽涉進非法的活動。」

「小寶，你做生意瞻前顧後的，如何能發達？這樣吧，我先把 100 萬打進你的私人帳戶，作為你開新公司的賀禮吧。」

聽到這裡，我已經百分之百肯定這是一個洗黑錢的操作，唯有禮貌地婉拒了對方的「好意」。

Patrick 當然非常不爽，臨步前還留下了一句：「創業當然是為了賺錢，你有錢也不賺，正傻瓜！看你公司能支撐多久！」

事實上，公司早期的客戶都是這一類。如果我們肯做這些客人，別說幾百萬，一、兩億也賺了。除了舊客戶、舊同學會找上門之外，甚至以前的 Monday 的老闆張大千也曾介紹客戶給我們。大型諮詢服務公司的審批流程實在太複雜，對於這些新興的加密貨幣與區塊鏈業務，沒有能力也沒有興趣沾手，因此索性當是送禮給我們。

宋總便是其中一個典型的例子。

宋總的辦公室就租在國際商業中心的高層，會議室有全海景，辦公室裡四處有美女走動，不知道的話還以為是曹總的另一個業務，又或是高級夜總會。宋總出來見我們時，身穿顏色鮮艷、圖案誇張的名牌真絲恤衫，頸項上帶著很粗的金鏈，每隻手指都有巨型的鑽戒，口裡銜著一支大雪茄。身上其他的行頭我就不一一細表了。這位老總也是希望我們幫他搞 ICO，發行的代幣主要用來打賞他的美女網紅們。

我忍不住問他：「你們實際上在做什麼生意？」

他含笑答道：「我？我不就是賣東西嘛！什麼賺錢我賣什麼。我有如雲美女、百萬流量、過千合夥品牌，就算客人要我幫他賣一支火箭，我的網紅也是十分鐘內搞定。每天年輕的小夥子們下班後，便到我的平台上跟我的女主播聊天，毫不吝嗇地打賞，線上隨意一位主播一晚都能有十多萬上落。」

我不禁問到：「既然生意這麼好，為什麼還要搞區塊鏈呢？」

宋總說：「我們營業額高，稅款亦不少。所以我希望我們的客人能夠用匿名的方式充值，讓公司與帶貨的

主播們減輕一下稅務的壓力。」

所以他們說來說去，就是要搞犯法的勾當。

有一天，我特地去到 Cumulus 的辦公室找 Stephen，一來告訴他我們已經離開了 Sigma Square，二來看看他有沒有興趣加入我們的新公司。碰巧他又很興奮地在研究一個新技術，名叫 NFT（Non Fungible Token，非同質化代幣）。在他電腦的畫面上有一幅卡通貓的圖片，Stephen 說這是全球獨一無二的貓，而他在區塊鏈上有這隻貓的擁有權。

我忍不住說：「這只不過是一個數字影像檔案，我隨時可以複製幾千萬張。」

「小寶，不是的，它有一個獨一無二的識別碼（Token ID），並在全球的以太坊網路上，紀錄了我是它的主人。這跟一般的加密貨幣不一樣。你擁有的第一個比特幣和第十個比特幣都只是一個數量，每些幣之間在本質上並沒有分別。

「因此，以往在交易時，我們只會紀錄交易的代幣數量。現在，如果我們交易的是 NFT，我們就不只是紀錄代幣的總數量，而是每個代幣的識別碼。

「而且，這些貓可以交配，根據他們不同的基因，

製造不同的下一代。是否很可愛呢？」Stephen 調皮地補充。

到我瞭解 NFT 的操作之後，我忍不住解釋給 Stephen 聽：「朋友，你知道我們以前如何用古玩洗黑錢嗎？」

Stephen 錯愕地問：「古玩？」

「是的，古玩是最好的洗黑錢工具。比如我想聘請你為我殺人，我可以先用一元把這個花瓶賣給你，等你把人殺了之後，我再用 1,000 萬把花瓶買回來。當你把錢存進帳戶時，你可以向銀行解釋說，這是全球獨一無二的明朝青花瓷花瓶，由於世上沒有另一個一樣的花瓶可以『按市值計價』（Mark-To-Market），只要有客人肯買，銀行不能說有問題，而客人買了贗品也不是銀行要管的。現在你的 NFT 正是比古玩方便 100 倍的洗黑錢工具。你還是別繼續搞這個吧。」

Stephen 是聰明人，他一聽就明白了。他接著就問：「那你現在準備用區塊鏈來做什麼業務呢？」

我老實地說：「我還在摸索中，不過我對聯盟鏈（Permissioned Blockchain）的技術更為有興趣。聯盟鏈是記名的區塊鏈平台，但它不是私鏈，而是讓企業和企

業之間安全地同步敏感數據的技術平台。我感覺它對社會的價值比其他區塊鏈平台都大，只是一直未找到一個突破口。」

想不到，過兩天就出現了我想要的突破口，我們亦正式把公司命名為 Data Square。

# 生態賦能

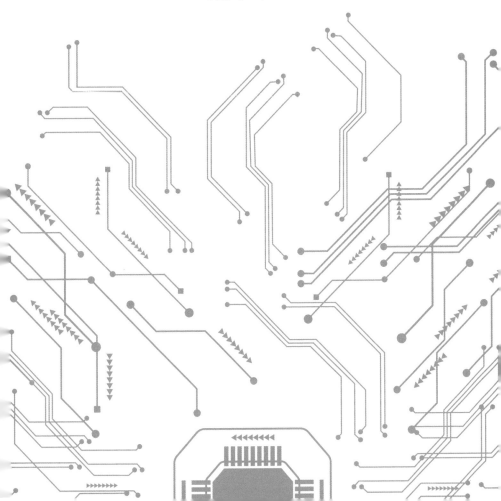

當亞洲各國開始積極推動金融科技時，有個島國的政府也察覺到支持金融科技的必要性。他們看到金融科技在普惠金融上的角色，以及對中小企可持續發展的支持。因此，決定成立金融科技辦公室，並從銀行界招聘了一位滿腔熱血的辦公室主任，他叫 Raymond，去領導這個辦公室的工作。這個島國叫浮羅瑪里（Pulau Mali），簡稱瑪里。

作為一個島國，瑪里是如何崛起成為金融中心的呢？這要由數十年前的政治說起。當時圍繞瑪里的國家都是軍政府，貪污非常嚴重。瑪里為了吸引外資，把稅率降到最低，並大量發出銀行牌照，讓鄰國的黑錢透過自己的金融系統走向世界。

當時，十萬美元便可以買一個銀行牌照，於是一條大街註冊了 300 間銀行，非常火熱。當然，隨著瑪里走進國際金融體制，各種反洗黑錢的條例越來越嚴謹，瑪里亦漸漸轉型，成為一個貿易金融的中心，為轉口的企業提供融資服務。時至今日，瑪里有十多萬間從事外貿的中小企，提供了過百萬個就業機會。

一直在經濟上與瑪里競爭的鄰國拉曼斯坦（Rahmanstan），簡稱拉曼。拉曼是伊斯蘭國家，那裡的伊斯蘭金融體系銀行必須遵循《古蘭經》（Qur'an）

以及伊斯蘭教律法（Sharia）的指引。其中最重要的一點，就是伊斯蘭銀行不能透過貸款來賺取利息。因此，如果你要買樓，向銀行申請按揭，銀行並不是貸款給你，而是和你一起合資購買你的物業，再租給你，並按股本的比例收取租金。你也不是還錢，而是每月買入銀行的股本，直至你能全資擁有整個物業。

這種做法避免了樓價大跌的時候，業主資不抵債，最終被銀行收回物業的風險。如果物業價值大跌，銀行作為股東之一，會與你一起分擔損失。其他的融資產品也利用相類似的原理。因此在伊斯蘭國家，是不會有負資產的。

瑪里之所以成立金融科技辦公室並聘請 Raymond，主要是因為拉曼最近多了一個叫首席金融科技官（Chief FinTech Officer，CFTO）的職位，而第一位 CFTO 名叫阿里（Ali），也是在資本市場很資深的銀行家。

阿里剛剛舉辦了一個非常成功的「金融科技節」，全亞太區有數千人參加。他在開幕致辭時，以 ABCD 來定義金融科技，亦即人工智能（Artificial Intelligence）、區塊鏈（Blockchain）、雲端（Cloud）和大數據（Big Data），並以這些技術的應用作為金融科技節的主題。

瑪里的金融科技辦公室剛成立便迅速作出回應，在

同一個月裡舉辦了金融科技博覽會，與之抗衡。由於瑪里銀行多，當中也有不少在人工智能、雲端與大數據等技術上做出了不同的應用。加上稅率低，當地有很多金融科技的新創企業，我們也在當地註冊 Data Square，好能將來能減少稅款。不過，專注在區塊鏈這個領域裡發展的公司確實不多，銀行對區塊鏈應用的需求亦不大。

乍看起來，區塊鏈好像只與加密貨幣有關，當中違規的風險並不是瑪里的金融體系所能承受，一不小心，瑪里便可能再次成為洗黑錢的中心，被國際杯葛；亦有可能像雷曼迷債一樣，弄至滿街都是苦主。

於是瑪里金融科技辦公室廣發英雄帖，徵求有關區塊鏈實際應用的計劃書。這時，有政府資助的科技研究院提出了用區塊鏈來打造數字化的樓宇按揭流程。我們的 Data Square 作為一間新創企業，並沒有很多資源去寫什麼計劃書或白皮書，於是我們花了一個月開發了一個以區塊鏈為基礎的樓宇按揭平台原型，然後帶了三頁紙的演示材料，由我單槍匹馬走進金融科技辦公室，解釋我們的理念。

我開始道：「加密貨幣用的區塊鏈，是以公有鏈為基礎，用戶都是匿名的，需要挖礦來驗證交易，所以性能低、耗能大、監管難。比特幣便要十分鐘才能完成一

筆交易的驗證，以太坊最少也要幾秒。

「相反，我們這次用的是『超級帳本』（Hyperledger），屬於聯盟鏈技術，用戶都是記名的，性能高、耗能少、監管易。

「我們用的聯盟鏈，一秒鐘能處理幾百條，甚至上千條交易，最適合用來解決公對公數據同步的問題。比如樓宇按揭這個用例，地產商、銀行、律師、物業估價行、土地註冊處等等，都必須互相交換敏感的客人數據，傳統做法就是利用律師樓作為訊息與文件的集散地。結果當有律師樓倒閉的時候，很多買家的訂金便被凍結了。

「區塊鏈的去中心化做法，讓生態圈裡每個持份者都有一份數據的拷貝，並且實時同步。若某一方嘗試篡改數據，生態圈裡所有人都會知道，並可以拒絕這項數據的更新，於是數據造假的機會便大大減少了。加上用戶都是記名的，如果有人存心造假，就必須要負上刑事責任。」

金融科技辦公室主任 Raymond 點點頭，然後說：「小寶，你說的去中心化的好處，我們都聽過，亦都明白。我們不明白的是，為什麼必須要用區塊鏈呢？」

「那是因為，在區塊鏈的系統設計裡，敏感的數據

會被單向地加密才廣播出去。一般的加密都是雙向的，能被加密就必然能被解密。譬如我有一個秘密數字『2』，我把『5』加上去成了『7』，作為加密的操作。只要你知道鑰匙是『5』，你便可以把『5』從『7』裡減去，解密回『2』。

「但是如果我把秘密數字『37』除以『7』，剩下『2』，再告訴你，就算你知道鑰匙是『7』，你也不能解密成『37』，因為祕密數字亦有可能是『16』或『9』。」我說。

「這種加密能有什麼用處？37 和 16 都變成同一個數目了。」他問。

「是的，這叫『碰撞』（Collision）。在我這個簡化的例子，加密的結果只有『0』到『6』這七個選擇，所以很容易發生碰撞。但若用的是區塊鏈全球標準的『哈希算法』，譬如 SHA256，那加密出來的數字便有 2,100 個組合，碰撞機會就很微小，而解密的可能性近乎等於零。」我答。

「那在樓宇按揭的用例，我們是否就把物業的地址加密？」他問。

「是的，我們可以把不同物業的地址加密，附上物業估價的加密，甚至也把業主身分證號碼加密，然後廣

播給整個生態圈。當銀行收到一個按揭的申請時，只需要把申請人的業主身分證號碼、物業地址、物業估價等資料，用相同的哈希算法加密，並上傳到區塊鏈平台上。如果能夠找到相同的加密資料，便會發生即時的碰撞，那代表申請人提供的資料是正確和可信的，可以立即批准放款，而不用等律師去收集文件、確認和通知。

「由於那些加密的數據，早就同步到所有持份者的數據庫，就算查詢的那一刻，所有主機都死掉，銀行還是可以從自己的數據庫裡，找到相關的資料來驗證貸款的申請。這便符合你們要維持金融體系穩定的目標。」我答。

「有趣，有趣！在你之前演示的廠商，不是在吹噓智慧型合約的功能，便是在幻想物業被代幣化的好處。我聽來聽去都聽不明白，究竟區塊鏈有什麼實際價值？現在終於有點眉目。」

「那就好了。Raymond 兄，若你有時間，讓我很快展示一下我們開發的原型。」我說。

「真的有原型？其他廠商都是要簽約付款後，才開始研究怎樣開發呢！」他說。

「是的，事實上我們團隊已經把系統都開發了一半，

就看你們是否認真地想投資在這個項目上。」我說。

接著，我很快地把系統展示了一次，甚至打開背後的區塊鏈瀏覽器，讓他們可以看見區塊鏈的交易數據。他們都看得津津有味，紛紛說是大開眼界。

老實說，所謂哈希算法並不是區塊鏈特有的算法，而我描述的加密流程，亦不是一般區塊鏈平台真正會用到的流程。然而，如果我認真地跟他們解釋什麼是「雜湊樹」（Merkle Tree）或「拜占庭容錯」（BFT），我相信他們只會墜進五里霧中。因此，我選擇了這個普通人會聽得明白的比喻，效果一般會比預期好。

完結時，Raymond 有點尷尬地說：「小寶，多謝你今天的介紹。老實說，我們其實還未拿到預算，沒有什麼『零錢』可以買你的產品，實在不好意思！你覺得你能接受的最低價是多少，才不至於太侮辱你們呢？」

我呆了半晌，最後還是笑著說：「無所謂啦，橫豎軟體已經寫出來了，今天就當交個朋友，送給你們吧！」結果忙了一個月，最後得到的便只是離開時贏得的掌聲。當時我並不知道，我最大的收穫，是贏了 Raymond 這個朋友。

一個多月後，Raymond 又致電給我：「小寶，再次

多謝你上次來我們辦公室的演示。由於那次科技研究院免費幫我們做了個『概念認證』（Proof of Concept），所以就沒有再麻煩你了。不過，現在有一個更大型的項目，希望你能仗義相助。」

「仗義？ Raymond 兄，你的意思是又要我免費幫你開發解決方案？哎，我們只是小本經營的新創企業啊！」

「嗯，我明白這對你們也不公平，這一次等我幫你們申請一些研發基金吧。不過一旦項目進入實施階段，我便有更大的預算，到時一定補償你！」

就憑一個「信」字，我帶同 Stephen 和 Chris 等兄弟一起進駐金融科技辦公室。我們的第一項任務，就是解決貿易金融裡重複抵押的問題，因為根據探子回報，拉曼的海關也正在進行貿易區塊鏈的研發，我們當然不能落後於人。

Raymond 跟我說，他不喜歡不能解決實際問題，而只是搞公關的項目，所以他對我上一次的演示留下了深刻印象，因為我具體解釋了用區塊鏈解決實際問題的方法。就在我們第一個會議上，他帶了另外兩間銀行的朋友，他們原來是星旗的 Cyrus，以及建業的 Isaac，準備為我解釋貿易金融的痛點。Isaac 是我完成建業的購併項目後才加入的，所以是第一次見面，他是商業銀行業務

的高級副總裁。Cyrus 則是老朋友了，握手時少不免寒暄一番。

Isaac 在商業銀行界是老行尊，有 30 年經驗，熟悉貿易金融與各種對公銀行產品。他這樣描述行內的問題：「小許，幻想自己是一間本地的玩具廠，現在接到美國沃爾瑪一張很大的訂單，你高興極了，但手裡沒有足夠的資金去買原材料，所以就去找銀行貸款，你會告訴銀行：如果有這一筆貸款，便能穩賺這筆生意的利潤，銀行亦能穩賺這筆貸款的利息，沃爾瑪亦會得到價廉物美的產品，可見這將會是三贏的局面。

「可惜，銀行心裡會有好幾個擔心：一、你手裡沃爾瑪的訂單是不是假的？是偽造的，而不是沃爾瑪發的；二、就算訂單是真的，是沃爾瑪發的，但你可能篡改了訂單的金額；三、你收了錢，但是沒有去買材料，而是捲錢逃跑；四、你什麼也沒有改，但是拿著訂單到十間不同的銀行去貸款，然後捲錢逃跑。

「針對第一、二項風險，我們可以向沃爾瑪查核，或者透過沃爾瑪在美國的銀行查核。至於第三項風險，如果是大的客戶，應該不會為了一張訂單的金額，便放棄了整間公司。不過，當你能把這個金額透過重覆抵押變大十倍時，這個操作便變得值得。過往亦經常發生這

種事件，亦即第四項風險，曾對銀行造成過億元的虧蝕，損失非常慘重。銀行並沒有辦法偵測重複抵押，因為銀行之間是不會願意分享敏感客戶數據。因此，如果有方法在不暴露客人與業務信息的前提下，偵測到重複抵押，那銀行便放心多了，甚至除了大客戶，也會考慮貸款給中小企業。」

Raymond 這時插嘴說：「小寶，我就是在聽到這個的時候，想起你上次介紹的哈希算法。你覺得會否是一個很好的區塊鏈應用？如果因而幫助到中小企業，就是一個很好的普惠金融用例。」

我點頭答道：「絕對是的，我們亦可透過區塊鏈的數字簽署和共識機制等功能，減少其餘的三項風險。譬如在區塊鏈上的數字訂單裡，要求有沃爾瑪的數字證書，那便不能造假了。至於篡改訂單的金額，則因為無法得到沃爾瑪的批准，而無法在系統裡確認。」

Cyrus 說：「那我能否再貪心一點，加進一個『智慧型合約』（Smart Contract）的用例，譬如自動把客人的付款優先拿來償還銀行的貸款？」

「Cyrus 兄，這個在理論上也是可以的，『智慧型合約』只不過是事件觸發程序（Event-Triggered Procedure），當付款事件發生時，區塊鏈可以觸發一個不可逆轉的程序，

執行還款的工作，前提是買家付款和銀行還款的操作，能夠在區塊鏈上透過 API 對接來完成。」

Isaac 禁不住問道：「什麼是 API 呢？」

我答道：「API（Application Programming Interface）就是應用程式介面，亦即系統與系統之間，實時交換數據的渠道。區塊鏈平台是一個系統，銀行內部的核心銀行系統（Core Banking System）也是一個系統，在實際的部署上兩者必須實時交換數據。我們不應該把整個銀行貸款的流程搬到區塊鏈平台上。」

Cyrus 說：「瞭解。還有，我們公司是 R3 成員，能否用 Corda 作為底層技術？」

R3 當時是一個很大的區塊鏈聯盟，主要由歐美的大型銀行組成，成員要繳交高昂的會員費用，才能夠參與他們的平台開發和部署。R3 這個聯盟所開發的主要技術產品就是 Corda，它在處理交易與執行智慧型合約的速度上，比其他區塊鏈技術高，但去中心化的能力則比較低，甚至有些 Corda 的架構師會為平台做災備（Disaster Recovery）。

因此我跟 Cyrus 說：「我們還是用超級帳本的 Fabric 吧，不少本地銀行都不是 R3 的會員，他們可能會因此

不願意參加這個平台。要防止重復抵押，我們需要所有銀行的加入，開放源碼的超級帳本好像比較適合。」

Raymond 說：「這個我也非常同意。政府並不會支持一個有機會壟斷市場的軟體聯盟。」

Cyrus 當時並沒有再說什麼，後來我才知道，星旗銀行同時在和 R3 的其他成員建立另一個貿易金融平台。這也沒有什麼不好，良性競爭是健康的。正由於競爭的壓力，R3 後來亦把 Corda 的源碼開放了，但這是後話。

Raymond 說：「科技研究院倒是提出了用以太坊，還說可以免費幫我們開發，小寶，你又覺得如何？」

我搖搖頭：「以太坊本身是公有鏈的技術，無論我們如何調教，速度和耗能上都一定沒有企業區塊鏈那麼好。不過若然它朝技術繼續進步，我們亦可以把底層的分散式帳本技術（Distributed Ledger Technology，DLT）換掉。」

我接著說：「一個區塊鏈項目要成功，除了技術，更重要的是生態圈的建造。首先，我們必須要有好的治理模型，例如加入平台的要求、法規上的條款、權責的劃分等等。如果上傳虛假數據都沒有法律責任的話，單憑共識機制是不能確保數據可信性的！」

Raymond 說：「同意，這部分就交給我吧，會員主要是本地銀行，一直都是我們監管的。」

我繼續說：「其次就是商業模型，亦即如何向會員收費，才能讓平台可持續營運，但同時又能滿足大家對投資回報的要求。」

Isaac 說：「我比較清楚這個平台的價值，可以在這方面協助。」

我點點頭：「最後就是技術框架，特別是支持『互操作性』（Interoperability）的標準。貿易金融的區塊鏈平台，需要同時與其他金融與物流的區塊鏈平台整合，又要與銀行原有的核心系統整合，所以互操作性是一個很大的挑戰。」

Cyrus 說：「這部分等我這個專家來協助你吧。我的團隊在星旗銀行已經研究過很多不同的區塊鏈技術。」

Raymond 說：「太好了，那我們就有本地最強的團隊，去做這件有意義的事情。最後有一個提議，為免讓人誤會我們在搞加密貨幣，我們不要再叫區塊鏈，改叫分散式帳本技術，好嗎？」

我們大家一致同意。

就這樣，項目如火如荼推動起來。有政府的支持，銀行亦十分樂意配合，始終這是對業界大家都有益的事。

你可能會問，我們不是有信貸局（Credit Bureau）扮演徵信中心的角色嗎？原來瑪里的信貸局只有個人的信貸紀錄，甚少企業的信貸資料，更加沒有針對中小企的服務。中小企貸款對金融業來說，就只不過是公司東主的私人無抵押貸款，利息隨時去到 20 多厘【註10】，和高利貸沒有分別。由於對手拉曼是伊斯蘭銀行體系，不會提供高息貸款，因此過往在協助中小企融資方面，拉曼反而比瑪里優勝。

我們估計，瑪里有了這個貿易金融的區塊鏈平台，數據會變得更可信、更透明，而隨著風險降低利率，亦應該可以降低到一個更合理的水平，如五至八厘，可望吸引更多中小企來這裡落戶。再者，有如此大的息差，要向平台會員收一筆費用，相對來說便不會很困難。

經過六個月的努力，我們終於推出了平台第一階段

---

【註10】厘：「厘」指的是「1/100」的利率，即 1%。這是一個舊式的利率單位，通常出現在一些傳統的金融用語或日常口語，尤其在華人社會的金融對話中。用「厘」來表示利息時，「20 厘」表示年利率為 20×1%=20%。

的功能。我們利用了「設計思維」（Design Thinking）與敏捷（Agile）開發方法，每兩星期一個迭代，迅速完成平台的部署，並成功讓十多間銀行加盟成為付費會員，開始使用我們平台的重複抵押偵測功能，同時亦提供跨境數字加簽和自動對帳等測試性功能。

平台試運行的結果被寫成一份白皮書，金融科技辦公室的公關部開始向全球發佈這個項目的成就，並為幾個月後的金融科技博覽會造勢。然而，項目的落地仍是有大量的實際問題要解決。

首先，銀行並不是食物鏈的最高層。數據其實來自真正從事貿易的企業，經過銀行的對接，才能上傳到區塊鏈平台上。若企業不願意參與，銀行和金融科技辦公室是束手無策的。所以儘管項目第一階段有兩間企業願意與銀行一起參與，但很快便失去繼續下去的動力。

就在同一時間，科技研究院亦完成了他們那個免費的貿易金融平台，希望和我們競爭，成為本地區塊鏈技術的標準配套。可惜他們太過閉門造車，和業界的溝通不足，對銀行的產品也不是很熟悉，所以大家仍是決定和我們合作。

正當我們認為項目的第二階段，亦即真正實施的工作會是我們囊中之物的時候，政府忽然要求為第二階段

公開招標。我當然立即請教 Raymond 背後的原因，原來是聚寶科技的牛總親自向高官們遊說，邀請他們到聚寶科技的園區參觀，並承諾為本地製造大量的就業機會等等，反正就是志在必得。如此肯花資源去贏得這個項目，是因為聚寶科技正準備上市，所以利潤並不是最大的考慮，市場佔有率與項目知名度才是他們關心的地方。招標的結果，當然就是聚寶科技以我們一半的價錢贏得最終的承辦權。

平心而論，聚寶科技的技術水平與人才數量，事實上比我們優勝，公司實力就更加不用提，強弱實在太過懸殊。不過，他們對於金融業，特別是國際貿易金融產品與流程的知識太缺乏，項目管理的方法亦與國際級的大銀行有很大的差別，所以項目進行了幾個月便怨聲載道。不久之後，Raymond 便再邀請我們協助他們完成項目，但那是後話。

當然，那時並不會知道後來的發展，我們默默接受了失去繼續管理這個項目的事實。不過，我們還是很高興能參與概念認證的第一階段，讓我們名揚國際，網媒《CoinDesk》便曾刊出了幾篇有關我們的報導，傳統媒體像《金融時報》等，亦開始關注我們的發展。當時，全亞太區的客戶都來找我們開發和實施區塊鏈的平台。中國的灣區保險便是其中之一。

顧名思義，灣區保險經營的是珠江三角洲的大灣區保險業務，不過不是透過保險經紀，而是透過銀行作為銷售渠道。那天，灣區保險的總經理趙女士便專程由深圳過來科學園，找我們討論一個有趣的項目。

　　趙女士衣著樸素，身上一件名牌衣飾都沒有，說話不怒而威，一看便知是實幹型領導。她坐下後也不喝我們的咖啡，拿出自攜的暖水壺，呷了一口熱茶，便直入主題：「我也是工程出身的，你們跟我談技術，我很歡迎。不過，請讓我先解釋我們公司面對的問題。

　　「傳統上，我們這種銀行與保險的合作，稱為銀保案（Bancassurance），大都是用 API 作為數據交換的渠道。如果保險公司要透過保險經紀去銷售保單，他們必須要把產品的數據同步給保險經紀，保險經紀開單的時候，亦需要把客戶的數據同步給保險公司。這種 B2E 的數據同步只需要給保險經紀一個平板電腦與手機程序，背後用一個傳統的數據庫便可以了。就如所有其他 B2C 的用例一樣，我相信並不需要用到區塊鏈。然而，因為銀行是不會要求員工用保險公司開發的手機程序，保險公司亦不會使用銀行的核心銀行系統，所以我們才需要透過 API 來實現 B2B 的數據同步。」

　　趙女士又很優雅地呷了一口茶，接著說：「不過，

一間保險公司會透過好幾間銀行分銷它的產品，就像我們一樣；同樣地，一間銀行也會同時代理數間保險的產品。這個時候，用 API 對接便變成多對多義大利粉般混亂的系統整合。我們在想，如果用區塊鏈，能否解決這個問題呢？」

我點點頭，答道：「妳說得很對。若需要多對多的跨公司系統整合時，區塊鏈絕對派上用場。利用區塊鏈，我們可以把數據廣播到平台上的每一個數據節點（Data Node），然後用共識機制去保證數據的一致性。特別是當有其中一間公司升級他們的系統，或改變他們數據的規格時，大家亦不用陪它重新做系統整合的測試。又或在其中一個公司的系統當機時，亦不會影響其他公司。」

趙女士接著說：「那太好了。不過我們還要面對另一個要求，就是把敏感的客戶數據跨境同步。這個區塊鏈又可以解決嗎？」

我為她介紹區塊鏈的各種加密方法，像哈希算法等，然後補充道：「由於不同地方都有自己的隱私數據保護條例，要在合規的前提下，把敏感的保單數據跨境同步，除了用哈希等加密方法外，還必須顧及描述客人的數據量。意思是，就算沒有客人的身分證號碼，如果有他的年齡、性別、薪金等數據，也足以辨識客戶的身分。所

以當我們要建立銀保案的平台時，要小心選擇同步那些數據，否則隱私專員是不會批准的。」

結果，當我們拿著要同步的 200 多個數據欄位，向隱私專員以及中國的保監諮詢時，被逐個數據欄位盤問，我們只好減少到最後的 60 個，辯論了六個月才最終獲得綠燈，可以投產，成為大灣區第一個跨境區塊鏈數據同步平台。

從這兩個案例中，我們可以總結出區塊鏈的最佳應用場景，必須符合以下三個要求其中的兩個：一、公對公數據同步；二、多對多數據同步；三、跨境數據同步。

當時技術還是比較簡單。多年之後，「隱私強化科技」（Privacy Enhancing Technologies）進步了很多，諸如「聯邦式學習」（Federated Learning）、「同態加密」（Homomorphic Encryption）、「零知識證明」（Zero Knowledge Proof）等等漸趨成熟，亦逐漸成為很多區塊鏈平台預載的功能。然而，簡單如哈希算法，便已經突破了大家認為在隱私條例下不可能發生的瓶頸。

在這兩個標竿性的項目後，我們公司 Data Square 儼然成為全城最專業的區塊鏈實施團隊，甚至被邀請到亞太區不同城市作區塊鏈應用的演講。這時候，我們接到中國一間酒商的邀請，幫他們解決一個與金融無關的問

題：打假。

這位酒商朋友叫徐總，經營一家中型的餐酒貿易公司。他跟我們說，中國有接近六成的名貴紅酒「拉菲」（Lafite）都是假的。至於最近開始受歡迎的紐西蘭餐酒，每 12 支便只有一支是真的從紐西蘭運送過來的。由於無法證明酒商的庫存是真酒，而不是葡萄汁混甲醇，銀行從來不願意貸款給他們，甚至連保險也不願意接受他們投保。

Stephen 立即建議他們打造一個區塊鏈平台，由酒莊、批發、物流到零售都串連起來，便會產生溯源的效果，可以追蹤每一支酒的來源。Stephen 興奮地說：「只要物流公司願意提供把酒從紐西蘭運到國內的提單（Bill of Lading），並用數字證書簽署，那麼貨物便肯定是真的，貸款與投保就不會再成問題。」

Chris 補充：「數據越透明與可信，風險便越低，不單指更多人能夠得到金融服務，有關的成本如利息與保費等亦相應地下降，這就是區塊鏈能為普惠金融賦能的原因。」

徐總說：「話雖如此，但必須要解決一個更基本的問題，就是如何能夠確認區塊鏈上的電子數據，就等於我手裡這支實體的紅酒呢？」

我奇怪地問：「不是用二維碼就可以了嗎？」

徐總笑說：「小寶，你太天真了。既然酒也可以做假，再多做一張假的二維碼來貼，又有多難呢？事實上，不少假酒的瓶子是真的，只是重新注入假酒罷了。」

Michael 這時忽然提議：「我們用 IoT（Internet of Things，物聯網）的技術吧。譬如說，用 RFID（Radio Frequency Identification，無線射頻辨識）或是 NFC（Near Field Communication，近場通訊）去標籤每一瓶酒，這樣行嗎？」

徐總說：「好，如果成本不高，我們就試試看吧。」

我們很快就發現了問題。RFID 仍是較為容易偽冒，相反 NFC 在安全性上較為優勝。於是我們嘗試將 NFC 藏在塞子裡，當塞子被拔開和丟掉的時候，酒瓶就不能重新注入假酒拿去賣。但是，NFC 的電池壽命只有十年，當電力用完時，真酒便會變成假酒，那對貴價酒的收藏者來說將會是一個噩耗。

我們後來發現，做假酒的人甚至用針筒穿過塞子把內裡的酒抽一半出來，再注入一半的假酒，然後當真酒賣。反正國內人飲酒不少是「我乾了，你隨意」地倒進肚裡，會發現酒的質素有問題的人非常有限。用這個方

法的罪犯，同時也避開了我們用 NFC 打假的技術。

結果我們花了不少時間，在全亞太區採購不同的 IoT，包括有納米標籤、鐳射刻字、光譜標識等等，由於造假與打假是一場持久戰，正所謂道高一尺魔高一丈，所以這些有關製造數字孿生（Digital Twin）[註11]的技術，全部都是商業機密。最後我們用什麼方法去打擊假酒，就不方便透露了。

在我們用過的眾多數字孿生技術之中，比較有趣的，包括把納米標籤放在蜜蜂身上，好能保證花蜜的來源，能夠不經人手輸入區塊鏈；也有煉鋼公司在鋼材上鑄上號碼，再用攝影機核對實體號碼與區塊鏈的紀錄是否匹配。

此外，不少貨櫃是凍櫃，本身就有電力，當它們被用來運載像疫苗這種需要冷藏的貨物時，貨櫃可以一邊監測貨物的溫度與濕度等參數，一邊把貨物的位置與這些參數透過低軌道衛星（Low Earth Orbit Satellite，LEO）的頻道，傳送到區塊鏈做自動紀錄。這些可說是「智能櫃」。

---

【註11】數字孿生：用來模擬實體物件的運行狀態，它通過數據分析，實現實時監控。

有飲品公司把納米標籤放到一滴滴的膠水裡，再滴在每一罐的飲品蓋上，從而檢查市場上哪家零售商在賣假的飲品。據說他們一年生產 1,000 萬罐，市場卻賣了 5,000 萬罐。我問他們如何知道有這麼多假的產品？他們說他們搞了一個大抽獎，用罐上的編號作為抽獎號碼，結果來領獎的比預算會中獎的人多了五倍。

鐳射刻字被普遍應用在鑽石的標記上，它們要被放大幾百倍才能看見，因此不會影響鑽石的清晰度。不過，這樣的技術並不能杜絕血鑽，因為血鑽很多時候是未打磨的原石，而未打磨的鑽石是不能做雷射刻字的。所以說，用溯源區塊鏈可以杜絕血鑽，某程度上並不正確，最多只能把離線發出的《金伯利進程（Kimberley Process）國際證書》上傳到平台，當然我們也可以把其他如《GIA 鑽石鑑定證書》等一併上傳。

不過，把有鐳射刻字的鑽石放在區塊鏈上的真正用途在於杜絕賊贓的買賣，從而讓鑽石庫存能夠找到保險公司投保。過往經常有鑽石零售商監守自盜，再找保險公司理賠，所以保險是不會接受珠寶商投保的。有區塊鏈之後，鑽石保險這個產品就出現了。

同樣的概念也應用在珠寶加盟分銷商的貸款上。一般來說，珠寶生產商會要求加盟分銷商購買貨物來銷售，

因此需要大量「頭寸」（流動資金）。分銷商都希望能夠用這些貨物作抵押，跟銀行先貸款，從而支付給珠寶生產商。在這個供應鏈上，如果珠寶產品有不能篡改的標籤，杜絕賊贓和假貨的混入，生產商便能提供原價回購的擔保，相關的銀行貸款便可以以低很多的利息發放。

當然也有很多不能生成數字孿生的產品，曾經有客人便提出過要追蹤煤的運送。據說運載高質量煤的船隻，每次停泊在某些國家的碼頭時，煤的質量便會降低，估計是因為混入了低質量的煤。但是像煤這種貨物，我們是沒有辦法產生數字孿生的，只能追蹤它的貨櫃，就像用凍櫃追蹤疫苗一樣，最多只能在貨櫃打開的時候，發出警報。類似的情況也出現在石油、水泥等產品之上。

這些項目都為我們帶來了不錯的收入，但要說為社會帶來的價值，則仍是很有限，直到我們接洽了一個南半球的項目。據說當地政府每年花幾億美元處理非法傾倒的垃圾。

理論上，不同類型的垃圾，特別是企業的垃圾，都會由環保公司收集、分類，再送到不同的循環再造廠。然而，因為運送與再造的成本越來越高，不少外判公司選擇在中途把垃圾丟掉，變成荒野裡一堆又一堆的垃圾。當地政府於是聘用我們進行垃圾追蹤平台的建造。

我們一行人浩浩蕩蕩飛到南半球，開始了好幾個月的垃圾追蹤工程。要打假，必須要知道造假是如何操作的。我們的員工坐上了不同的垃圾車，足足走了 800 公里的路，才終於掌握整個垃圾回收的生態圈如何運作，當中一環扣一環，不單只需要區塊鏈，也需要 IoT，甚至人工智能的偵測技術。

沒有人會把 IoT 放到垃圾裡丟掉，所以我們把凍櫃的技術應用在垃圾桶上，確保垃圾桶中途並沒有因被傾倒而變輕。又由於垃圾數量太多，人工智能可以幫助我們盡快發現不尋常的情況。最後，在那個幅員很大的國家裡，我要覆蓋地域這麼廣的生態圈，雲端運算的技術就大派用場。

從這個例子可以看見，我們公司不單只是在做區塊鏈的技術應用，同時也在應用其他的金融科技，可謂 ABCD 缺一不可。就算對象不是金融而只是垃圾，也得要把這些創新的技術整合在一起，才能真正解決問題。

這些溯源項目數量眾多，對社會各行各業的貢獻很大，特別是在環保的領域。我們試過把「海洋管理委員會」（Marine Stewardship Council）的認證放上區塊鏈，確保南美運過來的鮮魚不是在休漁期間採捕的；我們也試過把「森林管理委員會」（Forest Stewardship

Council）的認證放上區塊鏈，確保東南亞運過來的榴槤，不是來自砍伐森林而來的農地。就算它們沒有取代貿易金融，成為區塊鏈最大的用例，那也肯定穩居第二位。

回頭看，無論公有鏈那些牽涉加密貨幣，和數字資產的項目再多、再有趣，他們的實際價值都很難與我們這些聯盟鏈平台相比擬。這些聯盟鏈平台，把生態圈裡不同企業的數據同步起來，確認數據的真確性，防止篡改，並允許跨境敏感數據同步，絕對突破了傳統資訊科技的不少限制。

接著的那兩年，我們忙於在亞太區不同的地方，部署不同類型的區塊鏈平台。其中包括了瑪里政府的衛生部門，他們希望將所有醫療中心與保險公司之間的理賠流程優化，於是我們搭建了一個有醫療中心、保險公司以及銀行的區塊鏈平台，讓病人看完醫生以後，先由銀行付款給醫療中心，再根據區塊鏈上用數字證書加簽的紀錄，向保險公司索償。

由於這個醫療項目，我們又認識了藥廠。事緣 Chris 想用機器學習，去辨識哪一筆理賠藥費過高，於是去找了藥廠瞭解。藥廠亦藉這個機會瞭解區塊鏈的真正用途，並想到平台可作為新藥臨床測試時的資料蒐集渠道。新藥測試一般都必須要「雙盲」，亦即無論吃藥的病人抑

或配藥的醫生，都不應該知道哪些是真藥、哪些是安慰劑，否則會有心理作用，影響測試的可靠性。用了區塊鏈的加密方法，我們便可以在沒有人能破解的情況之下，透過 20 多間醫院的病人，收集他們服用新藥之後的歷史紀錄，這樣既不會侵犯隱私，亦不會失去雙盲的效果。

我們亦有另一個大學學歷的認證用例，讓僱主在招聘員工的時候，不需要求職者付費去要求母校把成績表發給未來僱主，而是要求學校把所有學生的成績表單加密之後上傳到區塊鏈，讓未來僱主能把求職者遞交的成績表做同樣的加密，然後在區塊鏈上看看能否產生碰撞，完成學歷的認證。這個不是一個新的用例，麻省理工在好幾年前，已經用比特幣的網路做過相同的嘗試，問題在於用比特幣的網路來上傳學歷，成本顯然太高。我們用聯盟鏈的成本相對就低很多，加上用戶都是記名，數字加簽也變得簡單。

我們也曾經協助電信公司部署區塊鏈。就在我們完成垃圾回收的溯源平台後，當地的電信公司，透過政府的介紹，與我們討論，如何數字化亞太區眾多電信商之間的漫遊費用結算。傳統上，不同的電信公司會透過結算公司，去結算各自客人的漫遊費用，因為國家甲的客人會去國家乙漫遊，國家乙的客人會去國家丙漫遊，國家丙的客人又會去國家甲漫遊。客人在他國，服務自然

由當地的電信公司提供，然後那電信公司會向客人本國的電信公司收回費用。結算中心會把這些互欠對方的漫遊費用進行淨額結算（Netting），並從中收取服務費用與外匯差價。用上區塊鏈，這些漫遊費用便能實時地結算，除了免卻第三方的費用外，也減少了外匯波動的風險。

我們也不是所有區塊鏈項目都會做。曾經有一個航運公司的聯盟，清楚知道自己手裡有大量的數據，相信可以把這些數據變現，所以找我們做了一個概念認證的小項目。在做這個前期的小項目時，我們便發現這些來自歐亞不同國家與文化的航運公司，根本無法有效地溝通。在這個生態圈裡，亦沒有像金融科技辦公室一般的政府機構凌駕在他們之上，為他們設計和執行治理模型，因此他們連一個簡單的數據標準也無法達成共識。

他們最終決定成立一間合資企業（Joint Venture），大家持有一樣比例的股份，再由這間企業委任的總裁去做各種決定。有趣的是，他們對總裁的委任亦無法達成共識，大家各自有心儀的提名人，都是他們自己公司裡的人。後來他們把高管的崗位平分給不同的成員公司去提名，卻又為了總部設在哪個城市而爭吵不已。看到這個情況，我們就知道這是一個非常有挑戰性的項目，所

以到了正式項目招標時，我們並沒有投標，反而由不太懂區塊鏈的張大千贏了這個項目。

據說因為我們和聚寶科技做的區塊鏈項目越來越多，Monday 的管理層覺得他們也應該可以分一杯羹，所以開始以低價加入戰場，為的可贏取項目經驗。他們忽略了這個航運項目並不是一個科技項目，而是一個複雜的持分者管理項目。結果這個合資企業花了差不多三年時間才終於能夠開業，當然這成果全靠張大千個人的魅力與努力。至於 Monday 在這個項目裡究竟是否賺錢，我們就不得而知了。

這些項目讓我深切領悟到，區塊鏈的革命，特別是企業級區塊鏈的革命，是一個範式轉移（Paradigm Shift），是企業由競爭轉移到協作的革命。

譬如說，若銀行之間不合作，是無法偵測重復抵押的，那是橫向的生態圈協作；同樣地，若酒莊、物流與零售之間不合作，則無法打假酒，那是縱向的生態圈協作。若是沒有這個領悟，區塊鏈的項目是不會成功的。

垃圾回收與醫療保險等項目，亦讓我們與瑪里政府的合作變得更緊密。除了和金融科技辦公室的合作外，我們亦開始參與環保署的跨部門項目評審流程、中小企的分散式數字證書研究、政府教育資助金的用途追蹤等

等。不過，政府的不同部門，都有一些非常古老的主機系統，要做出改動並與區塊鏈對接，動輒就要花上幾千萬的成本，所以一般的討論都是無疾而終，亦或是曠日持久仍然毫無進度。

作為大量可信數據的源頭，政府本身分散與落後資訊科技基礎，無疑拖慢了整個金融科技的發展。於是我們和金融科技辦公室，決定建立一個由他們託管的本地數據交易所，終極目標是釋放政府的數據。

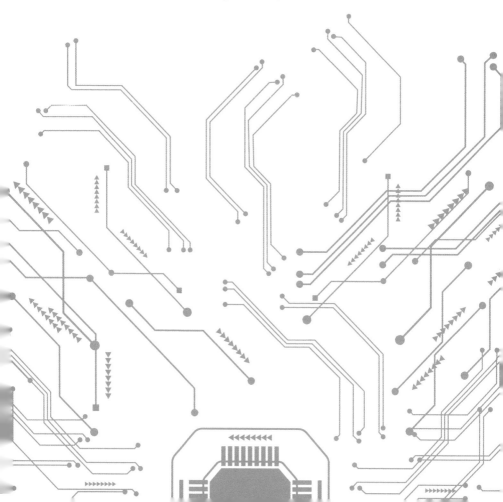

CHAPTER

7

●

數據變現

一直以來，無論是窮行聯盟的「銀行雲」還是貿易金融的區塊鏈，我們都有一個目標，就是透過普惠金融去幫助中小企業。幾十萬間中小企業聘用了我們四成的人口，而中小企業的健康成長會造就中產階級的增加，讓一個城市，甚至一個國家脫貧，進入繁榮與安定。

經過了幾十個區塊鏈的平台部署後，我們總結了一個簡單的看法，就是很多問題都能透過公對公數據同步來解決。於是，瑪里金融科技辦公室的 Raymond，和我們構思了一個數據交易所的平台。傳統上，中小企貸款靠的就是東主本身的信用與擔保，基本上與無抵押的私人貸款沒有什麼分別，利息自然非常高。我們相信，如果銀行能得到更多有關中小企的大數據，風險會大大減少，利息亦應該跟著減少。

因此，我跑去找本地大型電商小島網購，和他們的創辦人 Victor 討論可行性。

我說：「Victor 總，感謝你百忙中抽空見我們，客套的話就不多說了。這次來，是為了看看你願不願意把你們平台的數據賣給銀行，作為中小企貸款的審批用途？」

Victor 說：「嘩，你這不是陷我於不義？如果在我平台上買東西的市民，知道他們的數據會被賣出去，我

還哪會有生意？」

我說：「Victor 總，我們只是對商戶的數據有興趣。事實上，你只不過是提供一個增值服務給平台上的商戶，讓他們得到更低息的貸款。這個項目跟那些來購物的客人是完全沒有關係的。」

Victor 說：「我當然明白它的好處。算了算了，你要數據便拿去吧，我一塊錢都不想收，免得別人說我賣數據。之前金融科技辦公室不是也曾經想過搞跨境個人信貸紀錄的平台？結果市中心的天橋便貼滿了反對的海報，你還記得吧？我不想我的照片被貼到滿街滿巷都是。」

我笑說：「好的，明白，難得 Victor 總這麼慷慨，免費提供數據。你放心，這個項目的負責人也是金融科技辦公室，他們會保障數據的安全。」

Victor 總立即面有慍色：「小寶，這個不是你們牽頭的項目嗎？我是不會和政府合作的。」

我訝異地問：「為什麼呢？」

Victor 不滿地揮手，像是要把什麼霧霾撥開一樣，說：「我每次和政府合作都損失慘重。反正我的數據都已經準備好，你們自便吧，開會就不用邀請我了。」

就這樣，我們開始有電商上的交易數據。Chris 找到幾位來自日本，懂得開發另類信貸評級（Alternative Credit Assessment，ACA）模型的數據科學家，利用建立在區塊鏈上的數據交易所提供的大數據，他們成功開發了本地第一個中小企微貸產品。我們繼續努力說服其他機構，包括能夠證明工廠在運作的電力公司、能夠證明有貿易在進行的物流公司、能夠證明客人在支付的電信公司等等。中小企貸款的利率亦慢慢由近 20%，降到 5 至 8%。

　　當然項目的成果並不是一蹴而就的。項目初時，銀行並不懂得怎樣去用這些大數據，所以交易所並沒有任何交投，Victor 還對我們的交易量嗤之以鼻。直到 Chris 的日本團隊能把數據加工成信貸評分，銀行才開始嘗試用這些數據。

　　為了方便他們，我們更打造了一個應用程式市集，就好像手機的程式市集一樣，開放給不同金融機構與新創公司去開發他們自己的程序，我們則提供底層的數據接口，並收取程序的託管費用。想不到這個業務模式非常受歡迎，本地的信貸局和海外的徵信中心竟然也紛紛加入這個生態圈，一起研究我們的數據，建立數據模型，開發信貸審批的工具，而我們 Data Square 終於不再賣我

們的科技諮詢和項目實施服務，即不再用時間換取金錢，而是透過軟體平台，獲得可持續的收入。

數據交易所的數據中心由政府所提供，不存在安全性的擔憂，因此不單只銀行，政府不同的部門，亦開始願意研究如何把政府的數據放上交易所。我們在某種程度上，可說是完成了當年「銀行雲」的願景。

有了可持續的現金流，下一個問題便是要不要上市。當我們的品牌逐漸在亞太區建立起來時，早已有不少創投公司找我們。當時我們覺得時機並未成熟，加上我們的目標是利用科技成就普惠金融，而不是要賺快錢，所以都一一婉拒了。

我始終相信，只要你做的東西是有價值和正確的，上天自然會幫助你完成，錢只不過是過程中所需要的手段。如果真的發達了，那也只是夢想被實現的一個副產品。不過，有一位金主的飯局，我還是去了，因為我赴約的時候，根本不知道是他的邀請。那位金主正是瑪里島上的富豪，我那時亦不認識他。

事緣有一天，我們公司用的法律顧問 Margaret 跟我說，她有很多兄弟姊妹，大家都對區塊鏈十分好奇。當大家知道她認識我後，便很想邀請我和他們一起吃個

便飯。我當然樂意去交些新朋友，二話不說就應承了。Margaret 在晚飯之前，很細心地把與會人的名字發給我，但是全部都是普普通通的英文名字，像 Peter 和 John 之類，主要都是她的兄弟姊妹與伴侶們。我沒有想到其他，只是多謝了她的邀請。

到了飯局前的一天，Margaret 發信息給我，告訴我晚飯的地址，是島上某一條山路的 30 號，更特意叮囑我不用買禮物或餐酒上去。我覺得這個叮囑有點奇怪，但也沒有為意，也許她的家人因為某些原因不能飲酒？

由於從未去過那個地方，我就叫了計程車。那時是日短夜長的冬季，當我和司機去到山路的 10 號時，只見前路一片黑暗，夾道是陰森的樹木，前面一點也不像還有住宅。我跟司機說：「還是跟導航繼續走吧，如果路的盡頭什麼也沒有，你就把我載回去好了。」

想不到柳暗花明又一村，在差不多山頂的地方找到 30 號的門牌，那裡竟然有十多棟別墅，類似一個村屋的屋苑。Margaret 的信息說晚飯在屋苑的 1 號單位，但我行來行去也只見 2 號到 10 號，找不到 1 號單位。走回入口的保安亭詢問，才知道中間很大的那間就是 1 號，我還以為是會所！

進了屋之後，Margaret 已在那裡等我，並介紹了主

人家 John 給我認識。當時大家在平台，環境昏暗，又喝著香檳，我一時間想不起他是誰，只知道一定是非富即貴的人家。聊了一會金融科技的發展趨勢，我才忽然記起面前這位老人家是本地人盡皆識的富豪，只是我有臉盲，所以認人認得特別慢。

John 雖然一把年紀，但仍是對新事物、新知識感到十分好奇。他手裡拿著一本筆記簿，不斷記下我們討論的新科技。和我們一起喝香檳的，還有他的小兒子 Jeff。Jeff 非常憧憬加密貨幣與數字資產的前景，對於我提到的聯盟鏈應用不屑一顧。

我花了差不多一個小時向他解釋聯盟鏈比公有鏈優勝的地方，希望在未來可以把他的財富由罪犯手裡轉移到環保溯源、食物安全、普惠金融等用例上。我不只一次跟他說：「你每買一個比特幣，就是為一個罪犯提供流動性。」

很快大家都到齊了，由於是大戶人家，來賓基本上都是大公司的總裁、律師樓的合夥人，或是投資銀行的銀行家等等。廚房裡至少有四位工人為我們準備晚餐，第一道菜是鴨掌，而我自小對腳趾類的食物不是很感興趣，不過坐在身旁的女主人，亦即 John 的太太 Isabella 跟我說：「這是用陳年白蘭地釀製的鴨掌，來一隻吧！」

女主人如此殷勤地招待，我當然卻之不恭，所以立即好好品味這隻鴨掌。

接著，又來了一隻碩大的鮑魚，由於我吃飯非常懶於咀嚼，對鮑魚也是興趣缺缺，不過我當然知道這隻鮑魚價值不菲，所以就用力叉把它消化了。幸好 Isabella 沒有再繼續招呼我，大家開始討論不同的話題，而我就跳過了其他不太適合我平民脾胃的名貴菜色。

晚宴上，我除了為大家介紹了區塊鏈的應用場景外，也得知了 John 找我的真正意圖。他們家族正準備申請新推出的數字銀行牌照（Digital Bank License），亦希望能夠藉著入股我們的數據交易所，結成戰略合作夥伴，像大衛挑戰歌利亞[註12]一樣，打倒大銀行的壟斷。由於我們與政府和監管機構關係密切，我即席分享了我對這個牌照的看法。

我解釋道：「數字銀行所要遵守的法規要求，其實與傳統持牌銀行並沒有很大的差別，甚至在儲備上的要求也沒有折扣。如果你仍然覺得有利可圖的話，那在申

---

【註12】大衛挑戰歌利亞：《聖經》中的故事，講述年輕的牧羊人大衛在信仰的力量下，用一顆石子擊敗了強大的巨人戰士歌利亞，展現了勇氣和智慧。

請牌照之前，要先知道監管當局的想法。」

我繼續說：「首先，他們一定不希望有人取得牌照之後，放到市場上炒賣，也不希望你開業三個月後便倒閉，所以第一步，你必須要有一個可持續的業務模型，服務對象又必須與普惠金融有關，才能滿足當局發行數字銀行牌照的初衷。單是這一點就不容易了，因為中小企的市場不大，微貸風險亦比較高，如果不能沾手傳統較為賺錢的財富管理產品，要產生可持續的收入並不容易。」

John 笑笑說：「這個你不用擔心，我們集團本身就擁有一個很大的生態圈，無論商場還是建築，都有不少中小企的合作夥伴參與，只要能夠為他們提供供應鏈金融服務，我們的銀行要持續盈利絕對不是問題。」

我點頭說：「那就太好了。第二步就必須要有一個令人放心的團隊，特別是會處理銀行合規要求的 CFO、COO 等等，他們最好是資深銀行家。如果能由前銀行 CEO 來領隊就更加好了。還要留意，大家都不能有案底，必須符合所謂『適當人選』（Fit and Proper）的要求。現在整個市場都在搶這些人，也許去找一間銀行作為合作夥伴，會更容易滿足這個要求。」

Isabella 插入說：「這個完全可以包在我身上。」

後來才知道，Isabella 並不是一位普通的闊太太，而是集團的營運總監。我聽她這樣說，似乎成竹在胸，於是繼續分享我最後的一點：「第三步，政府仍要透過這些新的數字銀行，建立在國際社會上金融科技領先的形象。因此在妳的計劃書裡，最好也放一些人工智能、區塊鏈、雲端系統等應用。」

　　Margaret 說：「小寶，這個正是我們今晚請你來的原因。」

　　我笑說：「科技應用的戰略藍圖，似乎並不太適合在晚餐討論，不如改天我去你們的辦公室拜訪，再詳談吧。」

　　就這樣，我在吃了很多鮑參翅肚，肚子卻還是有點餓的情況下，離開了這座漂亮的別墅。計程車司機再次找不到接我的地方，結果我又要步行一段路才能乘車回家。

　　然而，這頓飯讓我們進入了另一個新的業務範疇，就是幫不同企業申請數字銀行牌照。

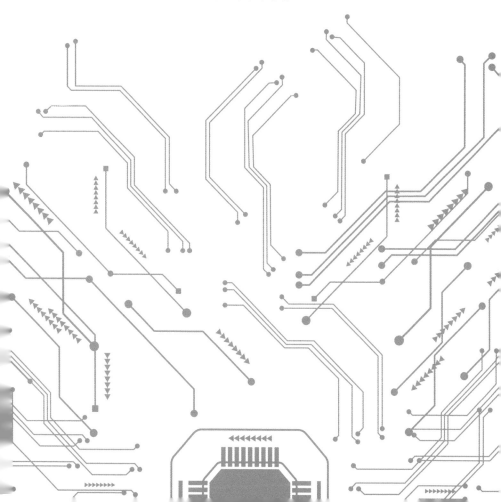

CHAPTER
8

## 數字銀行

轉眼間，整個市場較為有規模的企業，以及眾多小型金融科技公司，特別是做支付與微貸的新創公司，都加入競投數字銀行牌照的行列，據說本地有接近 40 個申請，我們則參與了其中近一半申請的準備工作。他們有些需要業務上的諮詢，有些則是需要技術上的支援，至於合規的部分，當然還是留給專業的四人會計師樓處理。

　　不少想申請牌照的公司並沒有足夠的實力，結果我們也當起紅娘的工作，有時會把金融科技公司與傳統銀行拉在一起，有時則會把電信公司與證券公司拉在一起，反正就是要集齊監管機構所需要的條件。

　　至於 John，他委派了他的長女 Rose 作為申請人。Rose 一直為家族經營奢侈品與證券的業務，雖然只有 30 多歲，卻是一位非常能幹、身家億萬、外表亦非常出眾的城中名媛。追求她的人應該可以由浮羅瑪里排到拉曼斯坦，所以不少人說她為人冷傲，甚至拒人於千里之外。

　　我第一次到辦公室見到她時，卻感到她非常親切，可能因為我是她爸爸介紹的吧。她親自出來招呼我到會議室，並叫來整個高管團隊，聽聽我的初步想法。

　　我坦白告訴她，要透過數字銀行賺錢絕對不是一件容易的事。如果她有十億儲備金，倒不如拿去買一座大

廈收租，來得更實際。

Rose 笑說：「小寶你不明白，多賺一、兩個億，對我們這種家族來說，根本就微不足道。我們集團什麼業務都有，卻一直沒有營運過銀行，若然爸爸能拿到銀行牌照，絕對是光宗耀祖的大事。當然，從協同效應來說，如果我們企業的融資成本能因而降低，由一般的 15 至 17% 降到同業拆息的水平，那當然更好。」

我答道：「Rose，開銀行借錢給自己的集團，是監管機構最擔心的其中一種操作，所以妳想也不用想。以前便有超級市場大亨嘗試申請銀行牌照，結果花了很長時間也拿不到。不過我覺得妳可以在上游的供應鏈入手。

「譬如妳們的建築公司，每年採購過十億，如果有十分之一需要融資，便已經是一億的貸款。那些供應商的應收帳全部是建築公司的應付帳，對妳們來說，違約風險近乎零。

「相信妳爸爸不會讓他的建築公司倒閉吧？如果用這些應收帳來做抵押，利率維持在坊間平均的 10%，而妳的融資成本卻是同業拆息，低於 3%，那便絕對有錢賺。再加上區塊鏈的技術，追蹤供應商之間的關係，便可以借錢給供應商的供應商，利潤便更高。再者，當整

個供應鏈的融資成本降低時，集團的建築成本亦會相對降低，間接幫助了家族的業務。

「當然了，正所謂發財立品，他朝有這樣的平台時，也請 Rose 妳考慮把供應鏈變成綠色供應鏈，追蹤碳足跡，特別是『範疇三碳排放』（Scope 3 Carbon Emission），看看能不能成為綠色金融的先例，那就不枉我花時間幫妳了。」

Rose 沉吟了一下，突然豁然大悟：「小寶，我明白了！不過，綠色金融是一項吃力不討好的產品，融資成本不減反增，暫時還是算了吧。反而，將來發達了，我一定會算你一份！」

我笑說：「很多客人都說過妳這樣的話。如果大家都信守承諾，我老早就已經發達啦！」

Rose 忽然認真地說：「這樣吧，雖然這次是初次諮詢，但我覺得獲益良多，你就到樓下的珠寶錶行，隨意選一隻名錶當作禮物吧！」

我站起身來，握著她的手，真心道謝，並對她說：「無功不受祿，我們還是先交個朋友吧。」

她見我並沒有真的去選手錶，可能對我另眼相看，亦熱情地與我握手，親自把我送出去，目送著我的升降

機門關閉後才離去。

雖然他們之後沒有再找我問有關數字銀行的事，亦不見他們正式遞交申請，可能有什麼其他的考慮，但我和他們一家一直保持著非常友好的關係。

除了 John 一家之外，還有很多其他的申請者，其中大部分是中國來的第三方支付公司。當中比較有趣的是，由北京來的一間聚合支付公司，兩位創辦人對營運銀行可謂完全無概念。

Michael 特別為他們量身訂做了一個計劃書，並教育他們如何向監管機構演示。到了早上九時半預約好的時間，我們在樓下商場的咖啡室集合，兩位創辦人竟然身穿夏威夷恤衫，頸項上戴著粗金鏈，鼻樑上掛著名牌太陽眼鏡，施施然地抵達現場。

我和 Michael 立即叫他們去買套西裝，重新穿戴，才准他們上去，結果恰恰晚了一分鐘。幸好我們和監管機構也挺熟，否則應該在十分鐘內被趕出來。

後來我們去評估他們在島上新開的數據中心與系統設置，竟然發現那裡水浸達一尺，水中不單有青蛙，且是祖孫三代同堂！天花板上面更有老鼠的吱吱叫聲，應該在品嚐著電線的美味。我跟他們說，如果你們不是認

真的就不如回北京去吧。

亦有朋友和我們說，他們想仿效矽谷銀行，專門向新創企業提供銀行服務，甚至提出把整個銀行系統都建在區塊鏈上，推出以數字資產作抵押的貸款，或為加密貨幣提供對沖的產品等非常超前的想法。我們的意見是，在法規未完善之前，這些提案必然不會被接納，那就無謂浪費大家時間。

有一位從事出入口通關的大老闆，曾經也請我們幫忙申請數字銀行牌照。他主要幫中國的廠商把貨物出口到歐美各地。若走海路的話，不少會經瑪里通關轉口。

曾經試過有廠商們要把醫療設備出口到歐洲，發展新的市場，但是拿不到批文，因為必須要有當地的醫院訂貨才可以通關。這位大老闆竟然就在當地買了一間醫院，順利幫助了這些商家通關。國家推行一帶一路的政策，他就西出玉門關，鋪鐵路鋪到歐洲。

有這樣的視野與魄力，難怪會想到建立數字銀行來提供供應鏈金融業務。不過由於他們團隊沒有熟悉銀行業務的專家，我們為他拉攏了多間傳統銀行作合作夥伴，最終卻談不攏，結果就沒有申請了。

另一類人就是國內龍頭企業的總裁們，他們往往跟

我們說，自己認識誰跟誰，又早已打電話給誰打了招呼，牌照是志在必得，只需要我們準備一下文件便行。姑且不論他申請牌照是否真如探囊取物，我們對這些毫無誠意的申請人並不是太有興趣，如果我們的金融體系是靠拉關係拉出來的，那我們的國際地位就岌岌可危了。

不過，事後也證明他們只是侃侃而談，最終不見得有誰能取得牌照。

到了最後，不同的申請者開始結盟，剩下不超過 30 個申請。由於大財團、大銀行、獨角獸等申請者本身就已經有足夠的資源，加上我們有一點覺得數字銀行牌照本來是為了開放銀行市場，如果仍是由傳統銀行取得牌照，那豈不是喪失了初衷？

所以，我們仍是專注幫助大衛，而不是歌利亞。儘管這樣代表我們會賺取較少的服務費，不過，作風穩健的牌照部最終仍是把大部分的牌照發給那些大型的企業與銀行，當中也包括了牛總的聚寶科技。我們的客戶只有十分之一的成功率。

雖然結果有點令人失望，但我們還是學到了很多監管當局的考慮和流程。這些經驗讓我們變成了亞太區數字銀行牌照的專家。區內不少中央銀行與監管機構，都會找我們協助發牌的工作，亦有不少發展中國家的數字

銀行牌照是發給較小型的科創公司。

有些監管機構甚至指明要數字銀行從事中小企的服務，不許他們提供零售或財富管理服務，有點像拉曼的做法。這樣的數字銀行牌照就更符合普惠金融的初衷了。

還記得有一次，在鄰國皇室夏宮的實廳裡，與當地央行的總裁 Tom、政府官員、大學校長等共進午餐，討論數字銀行與區塊鏈的發展方向。聚寶科技的首席架構師馬飛、Monday 東南亞總經理 Jai 也在席上。

Tom 問道：「久仰各位大名，能否請教一下你們是怎樣開始接觸區塊鏈的呢？」

我笑著指向 Jai 說：「我以前也是 Monday 的員工，多得當年公司的栽培，才學會了不少金融科技的技術，區塊鏈只不過是集大成而已，有基礎便很容易上手。」

Jai 滿面笑容地說：「小寶兒，你客氣了！總裁先生，小寶離開我們公司自立門戶很多年了，在區內是數一數二的專家呢！」

這時候，馬飛忽然插進來：「市場上根本就沒有真正的專家。我才是超級帳本的發明人，或者應該說是三個發明人之一。」

Tom 立即肅然起敬，Jai 和我卻是啼笑皆非。首先超級帳本是一個開源項目，源碼都是世界各地的工程師貢獻的，我們亦很清楚最早的貢獻者是誰，那位最早貢獻源碼的工程師也只不過是奉獻了少於十分之一的源碼，恐怕他也不會說自己是發明人。就算是，也估計不會在這個場合這樣說吧。

　　Tom 身旁著名的當地大學校長這時又問到：「現在人才那麼短缺，你們覺得大學多開一些金融科技課程會有幫助嗎？」

　　馬飛不等我們便先開口說：「一點用處都沒有，大學根本就教不了學生什麼，我的員工都是我自己培訓的。」

　　Jai 見對方一臉慍色，立即說：「每間公司都有自己的策略，我們 Monday 則非常重視從大學招聘實習生，每年至少過百個，亦希望從中找到未來的接班人們。」

　　我亦補充說：「為了大學不至於閉門造車，培訓出象牙塔裡的學者，我們亦經常回到大學和教授們交流，讓學界多瞭解業界的需求，讓社會的人才變得更多、更有用。」

　　我相信馬飛不是一個特別囂張的人，他只不過反映

了中國科技公司的所謂「狼性」，即像野、貪、暴的狼一樣的企業文化，標榜一種觸覺敏銳、犧牲小我、不屈不撓，不惜一切也要超越別人的精神。這種精神在國內的金融科技圈子十分普遍，雖然不會很老土地說要「超英趕美」，但仍是會把「彎道超車」掛在嘴邊。這種氣質在現在這種場合便變得特別尷尬。

事後我和申請失敗了的朋友敘舊。原來 Rose 真的幫他爸爸開發了一個供應鏈金融的平台，用集團大量的現金作為貸款的本錢，成功開拓了一個非常高利潤的業務，卻又沒有營運銀行的眾多合規要求，成本亦低很多。後來再見到我時，她仍是非常感謝我的意見。

矽谷銀行當然開不成，但仍有成功取得數字銀行牌照，從事個人的微貸業務。那些號稱人脈非常好的申請人之中，雖然沒有人成功，但竟然有人跑到萬那杜（Vannatn），花十多萬元買個銀行牌照。除了洗黑錢，我真的想不到為什麼要那麼執著去開一間銀行。

幫客戶清關的大老闆有次請我們喝酒時，說他最終在拉曼斯坦開了數字銀行，因為那邊把牌照種類再細分，有針對零售客人的，也有針對中小企的，減少了他們要準備的工作。難怪不少朋友都轉到拉曼那邊申請。無論如何，那位大老闆總算圓了他搞一帶一路銀行的夢想。

那整件事真正的贏家是誰呢？除了政府成功為本地帶來了過百億的投資、製造了過千個新職位外，就是像 Cumulus 那樣的雲端公司。數字銀行要在短時間內開業，用雲端支持的核心銀行系統最方便和快捷，特別是經過獨立評估、符合監管要求的平台。

在 Cumulus 任職的 Ben 就是看中了這個市場，與國內的一個知名核心銀行系統供應商合作，提供雲端托管的核心銀行系統，成為數字銀行的最大贏家。這就與以前的科網時代一樣，電商大部分最後都倒閉了，只有在背後提供軟體與基礎建設的大廠商，才是真正的贏家。

隨著數字銀行牌照的申請熱潮告一段落，我們亦開始為瑪里的中央銀行研究另一個更有趣的項目：央行數字貨幣（CBDC）。

# 智慧小島

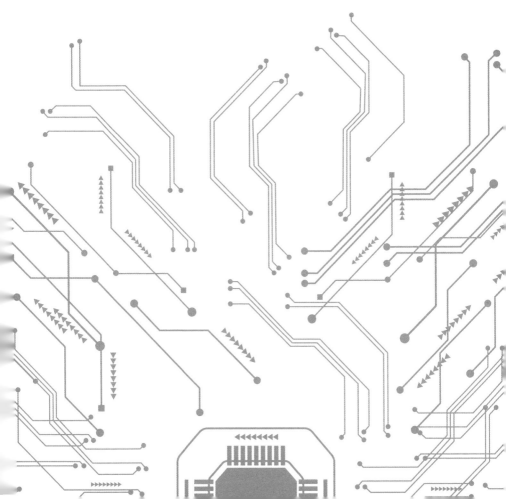

在比特幣出現三、四年之後，在亞太區經濟成長得最快的中國，便已經開始著手研究央行數字貨幣。

　　當時邀請了美資大銀行和四大諮詢公司，一起研究這個項目的戰略，還成立了數字貨幣研究所。雖然在中國國內，電子支付已涵蓋了九成以上的交易，但仍是有幾個問題需要解決：一、在偏遠山區沒有網路的地方，不能進行離線支付；二、完全匿名或是由第三方營運的平台，無法有效協助國家打擊走資與洗錢的活動；三、跨境貿易都是以美元計價，並十分依賴 SWIFT 的網路，是國家安全中的一個風險。

　　譬如，美國制裁伊朗時，便在 2018 年開始斷掉 SWIFT 的聯繫，導致伊朗連進口食物都出現困難，因為無法與供應商結算，差點變成了人道危機。因此，國家的數字貨幣有它的必要性。至於其他地方為什麼要推行央行數字貨幣，就真的見仁見智了。

　　在公司開始享譽國際的時候，我們收到中東的邀請，為兩間當地的央行計劃打造一個數字貨幣平台。當時技術比較原始，用了公有鏈的設計，所以無論在性能還是耗能上都差強人意。

　　不過更大的問題是，兩國之間有結構性貿易逆差，

卻發行同一隻數字貨幣，供兩國人民使用，變相讓兩國的匯率掛鈎，情況就等於歐洲央行發行歐元給所有歐洲國家一樣，結果會導致經濟較差的國家，因無法貶值貨幣來刺激出口而破產。這個問題在概念認證的階段就已經被發現，好幾位「His Excellency」（開會時高官的稱謂，他們一般也同是皇室成員）一致決定叫停項目。

之後，便輪到東南亞各國的央行找我們做不同的概念認證。他們手上有各式各樣的用例，但主要分為銀行同業結算、交易所結算、跨境貿易結算三類。

銀行同業結算的痛點，和電信商區塊鏈平台的淨額結算相似。如果在日間，第一間銀行的客人轉帳給第二間銀行的客人，第二間銀行的客人又轉帳給第三間銀行的客人，而第三家銀行的客人再把錢轉回去第一間銀行的客人，到夜間才將這些交易整合，以淨額結算來操作，便有機會出現僵局（Gridlock）。

因為第一間銀行要等到第三間銀行的錢，才有錢付給第二間銀行，但第三間銀行又要等第二間銀行先付錢，如此類推，大家膠著，無法拆解。這是因為交易被整合成淨額才會發生的問題。若然每間銀行都能有自己的錢包，所有客戶的轉帳都用數字貨幣實時處理，就不會出現僵局了。

與交易所的結算則是為了解決另一種痛點，即如何有效支持貨銀對付（Delivery Versus Payment，DVP）。任何交易都有持貨的一方與付款的一方，持貨的一方若先交貨，便有風險收不到錢；付款的一方若先付款，便有風險收不到貨。由於大家都有這種交易對手風險（Counterparty Risk），所以持貨的一方會先把貨交給託管人（Custodian），付款的一方亦先由銀行凍結款項（Hold Fund），結果大家都損失了兩天的流動性，等待結算。

　　利用區塊鏈上的智慧型合約，可以把股票的擁有權和變成央行數字貨幣的資金，做不能逆轉的交換，實現實時交易，完全排除交易對手風險。這種用例慢慢發展成跨境與海外交易所進行實時貨銀對付，推動了跨境央行數字貨幣的實時匯兌，亦成為後來央行聯盟的多邊央行數字貨幣（Multilateral CBDC）匯兌平台的先驅。

　　多邊央行數字貨幣匯兌平台，顧名思義，就是要讓數個國家的企業，透過各自的銀行在央行提供的區塊鏈節點上，進行不經美元的外匯兌換與結算。由於減少了美元在中間引起的波動，以及付予 SWIFT 和對手行的交易費，國際貿易的成本和風險都大大降低了，這也就是跨境貿易結算的用例。在這種平台上，吸收了以往中東央行的教訓，各國繼續自行發行自己的央行數字貨幣，

而不會發行一隻新的貨幣。

不久之後，Raymond 有天找我上他的辦公室，問我央行數字貨幣平台究竟應該用哪一種區塊鍵技術去搭建才適合。

我說：「在討論用什麼技術之前，我必須先知道你心裡的央行數字貨幣是如何設計的？」

綜觀以往不同地方進行的央行數字貨幣項目，有四個設計上的問題要先回答：一、零售（Retail）還是批發（Wholesale）；二、一級（1-Tier）還是兩級（2-Tier）；三、境內（Domestic）還是跨境（Cross-Border）；四、代幣（Token）還是帳戶（Account）。

Raymond 拿著他的筆記簿，說：「能否逐個解釋一下？」

我說：「首先，零售的央行數字貨幣（Retail CBDC）是讓一般市民支付或是轉帳的時候使用。」

Raymond 說：「我們今天已經有那麼多的電子支付渠道，又有跨行與實時的快速支付平台（Fast Payment Platform），甚至有支持離線支付的扣帳卡（Debit Card），那我們為什麼還要發行零售用的央行數字貨幣呢？」

我點頭說：「完全同意。不過有些國家並沒有瑪里那麼先進，又或者電信網路覆蓋率低，所以仍是有這個需要。我們曾經協助中美洲的島國發行央行數字貨幣，就是因為大部分的商人都在海上貿易，非常缺乏網路覆蓋，區塊鏈啟船的央行數字貨幣透過特殊的加密方法，提供了一個離線支付的機制。」

Raymond 笑道：「島國也搞央行數字貨幣，還要支持離線交易，那主要用戶是否為海盜？」

我笑道：「也許吧！不過也有另一種情況，就是當市民對銀行缺乏信心，擔心它們倒閉時，央行可以讓市民把錢放到它的資產負債表上，讓市民對貨幣重建信心，有國家甚至會以石油與鑽石作為儲備。不過這樣市民就會把所有錢，都從銀行搬到央行的帳戶，加速銀行的倒閉。因此你亦要考慮，是否要用負利率把部分的錢趕回銀行系統，否則銀行便沒有錢讓企業融資了。」

Raymond 問：「我們是否也要開發一個錢包給市民用？」

我答道：「的確有央行這樣做，但我就不太建議了。你看滿街滿卷都是銀行與金融科技公司的錢包，功能齊備的有，簡約易用的也有，年輕好玩的都有。就憑政府的執行力，單是審批介面的設計，便可能要好幾個月

了，招標走流程又費時費事，我勸你還是交給市場去操作吧！你把快速支付系統的 API，開放給大家用就可以了。」

Raymond 說：「嗯，這個瞭解。讓我先想想吧。那批發央行數字貨幣（Wholesale CBDC）呢？」

「主要就是以銀行、證券和企業為對象的央行數字貨幣。不是說恭維的話，我們銀行同業用的結算平台『即時支付結算系統』（Real-Time Gross Settlement，RTGS），在全球是數一數二的，根本沒有需要用到央行數字貨幣才能解決的痛點。此外，我們的交易所要做到實時貨錢對付，亦不需要用到央行數字貨幣。看我們鄰近城市的交易所，早在有區塊鏈之前結算，便已是即日完成的了。所以我覺得用央行數字貨幣來支持貿易，特別是用多邊央行數字貨幣匯兌平台來支持中小企貿易，會更切合我們現實的需要。」

「瞭解，瞭解。那什麼是一級、二級？」

「Raymond 兄，就如你熟知的，貨幣供應分成 M0、M1 和 M2。M0 是流通中的現金，M1 是 M0 加上活期存款，M2 則再加上定期存款。很多央行發行的數字貨幣，會以 M0 的形式出現。」我回答。

見 Raymond 聽得專注，我繼續道：「一旦客人把央行的錢轉帳到銀行帳戶，就變成銀行的存款，銀行就可以把錢再借出去。借了錢的人又會把錢再存進銀行，於是銀行可以把同樣的錢重複借出去，亦即把銀根放大。

「為免存戶要提款時，銀行不夠流動性而造成擠提（即擠兌，Bank Run），監管要求銀行保持一定的資本充足率（Capital Adequacy Ratio），簡單來說，就是不能讓總貸款額比總存款多出五倍以上。

「在今天的市場情況之下，如果所有人都把銀行存款轉帳到央行數字貨幣的帳戶，那市場消失的流動性，就不只是這些帳戶的存款量，而是這個存款量的五倍！所以剛才我們已經聊過，你可以用零利息，甚至負利息把錢趕回銀行，然而一旦銀行體系不穩定，大家便會擠提銀行，把錢轉過來央行。這樣，央行數字貨幣不單沒有維持金融體系的穩定性，反而落井下石，加速受壓銀行的倒閉。

「所謂一級或兩級，就看我們把央行數字貨幣發行在 M0 還是 M2。我建議央行數字貨幣只能讓銀行當作儲備金帳戶，就像黃金或外匯儲備一樣。當然，說到貨幣政策，你們才是專家，我就不敢亂說了。」

Raymond 沉吟了一下，叫我繼續說。

我於是繼續：「境內與跨境是一個簡單問題，全看我們要解決的痛點是什麼。中小企貿易結算，當然需要一個跨境的批發央行數字貨幣平台，境內的需求，早已透過中央結算和快速支付系統滿足了。至於跨境的零售央行數字貨幣，可能會對旅遊業有幫助。

「譬如說，東南亞不少國家都有快速支付系統，像新加坡的 PayNow、泰國的 PromptPay 等等，一般都能像我們的網路一樣，掃描二維碼就可以支付商戶。若果央行數字貨幣項目，在底層把這些快速支付系統整合和打通，本地的市民到東南亞旅遊時，便可以無感用本地的錢包掃描別人的二維碼，在路邊買一串魚蛋吃了。」

Raymond 笑笑說：「這個點子倒可以拍一套短片，在金融科技博覽會播放。」

我也笑了笑，答道：「是的，創新必須由客人的需求與痛點去驅動，切忌為做而做嘛！不過，跨境牽涉到不同央行之間的合作，又要考慮到地緣政治，並不是一個簡單的項目！」

Raymond 看看自己的筆記，然後抬頭問：「最後了，帳戶和代幣有什麼分別？」

我搖搖頭說：「其實這是一個沒有意義的技術爭拗。

就算區塊鏈的代幣始祖比特幣，交易時也會帶著帳戶的結餘（Outstanding Balance），與我們一般用帳戶來儲存結餘並沒有很大的分別。不過，比特幣並不在錢包的層面儲存結餘，而是把結餘儲存在每一筆交易裡。

「譬如說，我有十元，要付給你七元，除了要在區塊鏈上儲存我付你七元這筆紀錄外，同時亦要儲存我把餘下的三元付給自己的紀錄。這三元的交易叫『未花費交易輸出』（Unspent Transaction Output，UTXO）。當我要知道自己尚有多少結餘去做下一筆支付時，我就要搜尋上一次交易的結餘。

「嚴格來說，我們並沒有製作一個叫『代幣』的東西，放在所謂的錢包。區塊鏈的錢包只不過就是儲存密鑰的地方。你錢包有多少錢，是公開儲存在區塊鏈上的資料，早已同步到千萬計的數據節點，而不需要查詢你的錢包裡有多少個代幣。由於在公有鏈上的交易是匿名的，所以無法認證對方是否合法帳戶，或有沒有足夠的餘額去支付，唯有靠所有節點的挖礦機，去翻查過往的紀錄並確認。

「以帳戶為本的央行數字貨幣，操作上就像傳統銀行帳戶一樣，必先完成客人的 KYC，然後把帳戶結餘儲存在系統上。在交易發生時，我們必須先認證對方的身

分，然後查詢帳戶的結餘，確認是否有錢完成這一筆支付。這個操作簡單有效得多了，但當然就失去隱私的保護，亦即杜絕了讓大家洗黑錢的空間。」

Raymond 說：「但是曾經有人跟我說，以帳戶為本的設計會導致信貸風險，因為系統容許負結餘的出現。這又是否真實呢？」

我說：「代幣系統之所以不能出現負結餘，是因為挖礦機在驗證的時候，拒絕了這些交易。為什麼帳戶系統不能同樣地拒絕這些交易呢？我們應該反過來想，如果我們用代幣系統，將來就沒有彈性提供透支，甚至外匯兌換的功能。」

Raymond 站起來握著我的手說：「小寶，謝謝你今天的時間與建議。但是我們也有我們要面對的壓力，讓我先好好想一想吧！」

那時候，我還不知道他說的壓力是什麼。後來，我被邀請到瑪里的國會會議廳，開了一個閉門會議。會中的議員不是來自商界、富可敵國，便是身家顯赫、世代為官的人物，他們也是想瞭解一下央行數字貨幣的發展方向。

由於他們本來應該討論另外一些法案，所以會議室

中有一個電視，告訴他們什麼時候應該回去投票，其餘時間他們就聽我解釋央行數字貨幣不同的設計方案。我實在不知道他們吸收了多少，但我知道他們也將會是 Raymond 要說服的對象。

跨境的多邊央行數字貨幣平台，同樣有說服各地央行的需求。不同國家有不同的經濟發展重點，亦有自己的貨幣政策，不少更有外匯管制，所以要達到共識並不容易，這些絕非區塊鏈的共識機制可以解決的。因此，瑞士的國際結算銀行（Bank for International Settlements，BIS）決定加入，協助協調不同的央行，是否有效就要拭目以待了。

我又聽說 Raymond 本來想選用一些國際的軟體品牌，後來也在國家安全的考慮下，終止了所有合約。可以想見，Raymond 需要管理的持份者還是很多的。我當時心裡在想，央行數字貨幣並不是一個普通的金融科技項目，而是一個牽涉到貨幣政策、國際外交，以及國家安全的複雜項目，我們這種小小的創科公司就無謂勉強了。

怎料過了兩個月，瑪里的財政部長 Eddie 忽然宣布要推動三大措施，刺激浮羅瑪里的經濟與推動金融科技，那包括了：一、在數據交易所上，開放政府數據的存取；

二、為中小企提供數字身分；三、在 Web3 的平台上，發行過億美元的綠色債券。為此，Raymond 特別帶同他金融科技辦公室的團隊，約了我們公司的同事一起討論。

甫一坐下，Raymond 便立即說：「你們準備招聘更多人手吧！」

我笑著說：「有生意，我們當然歡迎，亦當然多謝你們的信任。」

Raymond 接著問：「小寶，你覺得那些政府數據，應該先被放上數據交易所呢？」

我答道：「Raymond 哥，你還記得我們第一次合作嗎？我們當時開發了一個樓宇按揭平台，當中最缺乏的正是土地註冊處的紀錄。如果我們能夠把如抵押品有關的資料，例如把樓契放上區塊鏈，那區塊鏈平台的價值就大大提升了。我覺得部長 Eddie 想到要把政府數據放到我們的數據交易所，是非常合理的做法。」

Michael 插話道：「不過比起這些，更重要的是中小企開戶所需要的資料，因此公司註冊的資料，需要更優先放到我們的數據交易所。一直都有很多人詬病中小企的開戶流程非常費時與繁複，就算現在，有數字銀行的情況亦沒有改善，主要就是因為有關公司註冊與稅務的

資料，都在政府手裡，並沒有數字化，亦沒有存取的渠道。」

Stephen 說：「部長其實可以與第二個措施，亦即企業數字身分來解決。過往數字身分都必須要由中央的治理機構去審批，發佈和管理，導致成本高之餘，效率又很低。最近開始流行去中心化數位身分（Decentralized Identity，DID），並出現了國際標準，我覺得可以和數據交易所上的公司資料結合，提供一個更有效的開戶流程，以及數字加簽的方式。」

Raymond 問：「我們的數字交易所和政府雲，一直都有為所有用戶提供數字證書，為什麼必須要去中心化呢？」

我答道：「先不說政府機構效率慢，政府雲收費又越來越高，你只要想想我們這個小島，島上這麼多的國際金融機構，可是地球上不同的國家，是否肯把他們的數位身分，託管在我們政府的基礎建設裡？大家會擔心美國斷掉 SWIFT，也一樣會擔心瑪里斷掉數位身分的服務。去中心化是最好的部署方法，讓各大機構都能夠自己儲存自己的數位身分與證書，並透過可驗證數字認證（Verifiable Credentials，VC），自己進行數據來源的認證。」

Raymond 點頭說：「你說得有道理，但是為什麼一直都沒有太多人提去中心化數位身分呢？」

Stephen 說：「那是因為過往有很多不同的制式，正如很多類似的分散式項目建設，眾多持份者必須要在治理模型和數據規格上達到共識，才能開始技術部署。到了今天，我們終於有了國際的開放式標準，好像 KERI（Key Event Receipt Infrastructure）等，讓大家在分散式的架構上有著相同的數位身分規格。」

Raymond 的團隊開始跟不上我們的討論，大都開始墜入五里霧中。Raymond 於是說：「你們能否舉一些實際的例子，好讓我的團隊瞭解？」

我說：「在網路上，我們最擔心的是收到虛假的數據或文件，就像假的訂單會讓提供貿易金融的機構錯誤借貸，蒙受損失。為了補償這些損失，金融機構會以更高的利息與保費，把損失轉嫁企業。因此，為了避免這些情況，網路上的數據交換必須經過加簽。數據的持有人先要向數字證書的發行商購買數字證書，然後為他的數據加簽，才發給對方。對方亦會找數字證書的發行商進行驗證，確保數據的持有人真實無誤，不是別人冒認，數據亦沒有被篡改。

「於是供應商的訂單，必須找證書發行商加簽才傳送給銀行，銀行亦要找同一個證書發行商去驗證訂單的真偽。分散式帳本，只不過是把已加簽的訂單數據，同步給生態圈的持份者，防止再有人改動訂單的內容。

　　「這個行之有效的模式，依靠了一個中央的數字證書發行商。如果數據出問題，進行數據交換的各方可以歸咎發行商。就如 SWIFT 一樣，大部分發行商都是美國的公司，像威瑞信（VeriSign）等，所以當中還有政治和成本的考慮。過往亦有人嘗試自己發行證書，但是不同機構發行的證書並不兼容，結果無法普及。現在有了像 KERI 這種制式，免除了統一規格的需要，因此 DID 重新變得火熱。」

　　Raymond 補充說：「由於註冊一間公司實在太容易，如果我們不為中小企做充足的盡職調查，便讓這些公司到銀行開帳戶，會成為金融體系一個很大的漏洞，產生大量呆壞帳，以及洗黑錢的活動。因此就算十分費時，銀行還是需要經過複雜的流程，才可以批准中小企開戶。我們曾經考慮，利用國際認可的法律實體識別編碼（Legal Entity Identifier，LEI）作為中小企的身分證明，但由於成本高，在中小企之間很難普及，所以我也同意小寶他們說的，應該嘗試給 DID 一個機會。」

我繼續說：「再者，DID 的部署十分容易，無論企業還是個人，只需要安裝載有數位身分的錢包，便立即成為平台的一份子，成本因而大大降低。這不等於能夠取替分散式帳本，它們是相輔相成的兩種技術。都是自我發行的數字證書，亦需要透過分散式的架構，同步給不同的持份者。這個其實真正顛覆的，就是中央化的認證機構與治理模型。」

Stephen 說：「而這個正是財政部長提到的第三項措施『Web3』的基礎。」

Raymond 問道：「我聽過很多專家的解釋，還是不太瞭解 Web3 是什麼，你能解釋一下嗎？」

Stephen 答道：「Web3 的確有很多不同的定義，不過最初的目的，就是去除互聯網上中心化的基礎建設，因為他們早已變成超級巨大的持份者，好像雲的供應商、支付的平台、數字證書發行商等等。有了區塊鏈，數據的節點可以分散，業務邏輯變成了可同步的智慧型合約，支付的平台亦被去中心化，唯獨是認證的機構與模式，仍需要大型的機構去操作，一般是政府、央行、行業龍頭企業組成的聯盟、互聯網主要的供應商等等。」

我補充道：「如果用 Web3 去發行債券，那便等於跳過發行債券的仲介券商，用分散式帳本把債券代幣化

（Tokenize），並降低投資者的門檻。就算是草根階層，都能自行安裝錢包，參與投資這些債券，以及其他可被代幣化的現實世界資產（Real World Asset）。」

Raymond 回頭向他的團隊說：「但我們作為監管機構，當然不能讓市民也去購買這些資產，因此我們必須要加快推動央行數字貨幣，盡可能跟這個債券代幣平台對接，讓市民得到 Web3 去中心化的好處，又減低有人趁機洗黑錢的風險。」

就這樣，我們開始了為瑪里打造去中心化的債券代幣化、央行數字貨幣、以及企業數位身分等重要的基礎建設，成為本地數一數二的金融科技供應商。

# 毋忘初心

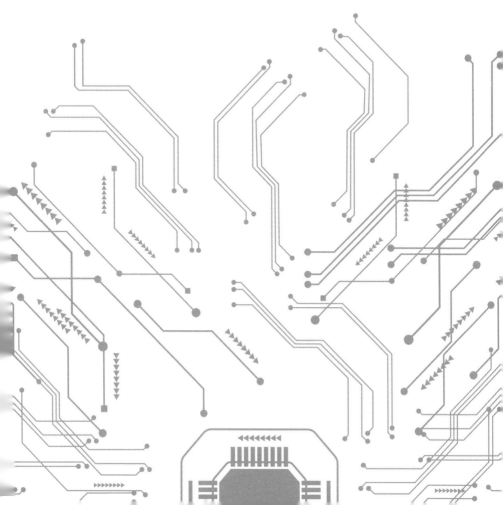

全靠 Stephen 和 Chris 陪我在外拚搏，Michael 在內打點，Data Square 建立了一個收入與現金都非常穩健的業務模型。我們透過數據交易所、應用程式市集、另類信用評級模型的收費，支持我們繼續研發新產品，並經常為業界提供免費諮詢的工作。

現在再加上債券代幣化、央行數字貨幣，以及企業數位身分等大型平台的建設，實在忙得不可開交。這時候 Michael 收到了一個邀請，來自當年幫我們 Sigma Square 搞上市的投資銀行。

Michael 立即召喚我們眾人開了一個高層會議，說：「小寶、各位，今天開這個會，是因為我收到了一個令人振奮的消息：我們的估值已接近 8,000 萬，如果願意花時間包裝一下，在一年後上市，估計最少值一億。不過上市是一個痛苦的過程，小寶和我都十分清楚，所以要大家一致通過才會進行。」

Stephen 顯得非常興奮，立即說：「搞了這麼久的金融科技，終於有發達的一天了！上星期，我才因為找不到加密貨幣錢包的密碼，眼巴巴看著近百萬的資產跌入黑洞，不知多麼鬱結！」

Chris 則說：「公司上市集資，固然是好事，但我們有沒有這個需要？上市之後，便有很多監管的要求，我

們亦應該善用那些資金，才能向投資者交代。」

我開腔說：「首先，我得要感謝大家的努力。我們短短幾年之間，把公司做到這個規模，實在超出了我的期望。在座都是公司的股東，我當然尊重大家的意願。但我特別認同 Chris 的說法。公司上市，不應該是為了把未來的現金流一次過套現，即所謂『賺快錢』。我們又不是不夠資金去成長，犯不著為自己找來一大堆監護人，對我們的業務指指點點，除非確實有重大的發展規劃，需要有大量的資金。」

Michael 說：「在這方面，我確實有兩個想法。聚寶科技之前聯絡過我……。」

Stephen 插入：「想邀請你過檔【註 13】？」

Chris 笑說：「誰沒有收過他們人事部的電話！」

Michael 笑說：「是的，兩年內至少四次，但大家放心，我是絕對不會投敵的！」

我笑說：「好了，好了，繼續吧！現在不是大家表白忠誠的時候。」

---

【註 13】過檔：是跳槽之意。

Michael 說：「現在有兩個很大的平台正在招標，一個是打破信貸局壟斷的徵信數據區塊鏈平台，另一個是數字公積金平台。參與競投的公司都是幾間大集團的聯盟。如果我們能夠集資，豐厚我們的實力，便可以加入這些聯盟，另一個是　　」

Chris 擊掌說：「太好了，我一直覺得信貸局不應該由一間公司壟斷。我們就一起成立第二間吧！以我們數據建模的能力，要建立一、兩個比他們優勝的信貸模型出來，簡直易如反掌。」

Michael 說：「這個倒沒有那麼簡單，信貸局必須要先有銀行貢獻數據，才能建模。因此我們必須要與銀行合作，還需要現有的信貸局願意分享歷史數據，才有機會成功。」

我說：「曾經聽說有銀行想問瑪里的信貸局，取回自己貢獻過的數據，他們竟然開價 1,000 萬！所以要他們放棄壟斷的地位，應該會是十分漫長的過程，可能把集資的錢完全消耗掉也未見到曙光。」

Michael 說：「我也是這樣想。」

Chris 立即像洩了氣的皮球一樣。

Stephen 問道：「那數字公積金平台呢？」

Michael 說：「今天公積金的代理公司與背後的資產管理公司一般是同一間公司，所以客人要轉會並不容易，要填一大疊文件，並等待一段日子才行。這些公司恃著客人不易轉會，服務差之餘，回報率亦低。因此，有關的監管機構決定把這兩個角色分拆，中間加插一個中立的數字化平台。不少代理公司與資產管理公司正在夥拍科技公司，爭著入標去搭建和營運這個新的平台。」

Chris 說：「信貸局和我們今天的數據交易所還算點關係。公積金平台？對我們來說，是否勉強了一點？」

Michael 說：「是的，但這兩個大型項目，聚寶科技都有入標。他們同時還在做數字認證、交易所區塊鏈等項目。」

Stephen 驚訝道：「那他們豈不是很快就可以壟斷本地所有大型的金融科技項目？」

我說：「不會的。我們手上有金融科技辦公室八成的單子。而且，我們不能夠意氣用事。事實上，市場對他們亦開始有很多不滿的聲音。因為他們投標的價錢實在太低，所以交付得很吃力，質素參差之餘，人員不斷流失，盈利亦不見得理想。當年應承了 Raymond 的就業崗位亦沒有能力兌現，所以有時大，未必是好。」

Stephen 恨道：「我就不信鬥不過他們，一起向公積金平台下手吧！」

其他與會的同事聽到 Stephen 義憤填膺地說話，陸陸續續開始點頭。我猶豫了五分鐘，結果還是同意了。

Michael 於是開始和我們投資銀行的朋友討論上市的準備，Chris 則開始拉攏現有的代理商和資產管理公司合作入標，其中一間島上歷史悠久的公司決定和我們合作。

我們犧牲了整個聖誕節和農曆新年假期一起準備計劃書。怎料就在最後的一刻，對方的董事局竟然剎停了項目。Chris 當然非常失望，我卻有一點覺得「塞翁失馬，焉知非福」。若果我們真的贏了，我們便需要花時間營運這個平台，不會有現在那麼多的空間去研發新產品了，這也許是上天叫我們專注本業的啟示吧。

Michael 和我商量過之後，亦同時停止了上市的計劃。這個消息對 Stephen 的打擊最大，他一氣之下，就決定離開我們，加入了新興的 NFT 交易所。當然人各有志，我只好祝福他。後來我才知道，那個交易所的金主就是 Tom 的兒子 Jeff。他發行自己交易所的貨幣，用作交易的費用，結果炒到天價，員工都開始用交易所的貨幣當作工資。

Stephen 離職前的最後一天，我和他去了喝咖啡。我開門見山地說：「Stephen，今天我們終於得到的一點點成就，完全因為我那天在 Cumulus 遇見你，看到你在自己的電腦上挖礦。我對你永遠是心存感激的。我知道我們決定不上市，你很失望，若我能做任何其他的事情可以讓你留下，我一定會認真考慮。」

Stephen 笑笑說：「小寶，你知道我只是一個軟體工程師，能夠和你走了這麼一段路，我也是非常感恩。你是一個很好的領導，我亦相信公司的業務會繼續蒸蒸日上。我知道你擔心我被富二代欺騙，甚至利用區塊鏈去做什麼犯法的勾當。這個你放心吧！ Jeff 之前邀請我到他的遊艇上，討論我們的發展計劃，我本以為船上會有香檳、有美女，怎料那裡只有一張會議室的大桌子，上面堆滿文件，而大家唯一的飲料就是蔘茶！我們就這樣工作了一個週末，連背景音樂都沒有。所以我相信他絕對是認真的。」

我點點頭：「我也聽說過他是很勤奮的。那你們的業務模型大概會是怎樣呢？」

Stephen 說：「我們打算把他爸爸的收租物業代幣化，然後在我們自己的交易所發行這些代幣。由於這些物業都有自己的特色與租金，像辦公室與旺舖便很不一樣，

所以我提議發行 NFT，而要買這些 NFT，就必須先買我們交易所的交易幣。只要租金持續上升，我們的代幣就會不斷增值，詳細的就不方便跟你解釋了，總之不會是犯罪的勾當。」

我知道無法說服他當下，只好緊握地握著他的手，再次感謝他一直以來的支持，並祝福他前程似錦。

很可惜，後來經濟衰退，銀行又加息，物業出租率亦越來越低，最後 Stephen 說的交易幣爆破了，幣值一落千丈，員工們都變得一無所有，甚至有人尋了短。始終，無論市場如何炒作這些代幣，它們的價值並不可能和背後的資產回報脫鉤。之後，我就再沒有 Stephen 的消息了。

就這樣，我們沒有再提上市的計劃了。我覺得創業，目標並不應該是上市，除非你真的有很大的投資計劃，需要很多資金，否則不上市可能更自由自在。

創業背後必須要有一個目的、一個社會意義、一個能讓你充滿熱情去上班的理念。如果單單是為了發達，那就應該去投資，而不是去創業。當年 Ben、Apple 和我在 Monday 時，我們已經想為普惠金融開發「銀行雲」。

隨著思想的成熟以及科技的發展，我們把實現普惠

金融的焦點，從小銀行轉移到為中小企提供低成本貸款的區塊鏈平台上，最後悟出了數據交易所的營運模式，創造出共享價值（Creating Shared Value），即社會與企業同時得益的業務模型。這個是我們的初心，也是堅守下去的原動力。再多「賺快錢」的方法都不能動搖我們。

除了堅守初心，新創企業亦必須專注於讓產品與服務規模化（Scalable），拒絕用時間換取金錢的誘惑，賣人天[註14]的業務還是留給諮詢公司去做吧！過程中犯錯也是難免，搞公積金平台也浪費了我們不少的時間，但重要的是儘快壯士斷臂（Fail Fast），收拾心情再上路，千萬不要讓承諾升級（Escalation of Commitment），浪費公司珍貴的資源。

科技會繼續進步，普惠金融亦會有新的機遇，我們未來用什麼技術，營運怎麼樣的平台，誰也說不準，但我的初心是永不會變的。錢嘛，不過就是做對的事的副產品，也是確認我們方向正確訊息而已。

---

【註14】人天：表示一個人一天能夠完成的工作量，通常在項目管理和人力資源領域中使用。

# 後記

今天，一個剛畢業的小夥子來面試。

我問道：「小兄弟，你為什麼對我們公司有興趣呢？」

他說：「坦白說，是因為仰慕你！你們公司簡直是金融科技界的傳奇，我們在學校讀書時，已讀過不少你們負責的案例，可謂大開眼界！學校不斷要我們學不同的東西，卻從來不解釋為什麼要我們學那些東西，直到我們研究你們的項目，才真正理解科技背後的意義。所以我一直非常渴望能夠加入你們公司！」

我笑笑說：「還未上班，便懂得恭維老闆，都算是個可造之材。你又有什麼問題想問我呢？」

他立即興奮地問：「你不介意我問，你如何面對工作壓力的呢？」

我想了想，對他說：「只要你做的，是你喜歡做的事，也是有意義的事，便不會覺得太辛苦。金融市場本身就是

一個很波動的市場。我像你這般大的時候，便已經歷了亞洲金融風暴、後來的科網爆破【註15】、安隆醜聞案【註16】、SARS 疫情、雷曼事件、新冠肺炎等等。

老土地說，有危就有機，只要你的目標不是發達，問題總有解決辦法。」

他點點頭，又問：「聽說你還一直在進修和教學，你又是如何騰出時間做那麼多東西的呢？」

我笑說：「曾經有位教書的朋友說，時間就像牙膏一樣，當你以為已經沒有時，再擠一下又會有一些，再擠一下又會再多一些。以前加入諮詢行業，每人都會收到一本《與成功有約》（ *7 Habits of Highly Effective*

---

【註15】科網爆破：又稱「科網泡沫爆破」（Internet Bubble），是指 1990 年代末至 2000 年代初，科網相關企業股價，因過度炒作和投資者過高期望而迅速膨脹，最終在 2000 年破裂，導致大量公司倒閉和股市大幅下跌的現象。

【註16】安隆醜聞案：指 2001 年美國能源公司安隆（Enron）因長期進行財務造假和會計欺詐，隱瞞債務和虧損，導致公司倒閉的事件。這起醜聞揭露了公司管理層的腐敗和內部監管的失敗，震撼了金融市場，也促使美國實施《薩班斯・奧克斯利法案》（Sarbanes-Oxley Act）來加強公司治理和會計監管。

People）。雖然已經出版了很多年，但我還是鼓勵大家讀讀，它為我今生製造了大量的時間。」

他記下書名，又再說：「對不起，能否再問最後一條問題？」

我說：「你知道嗎，作為資深顧問，我每小時的諮詢費都過萬呢。算了吧，無論你最後會否加入我們，今天我就免費回答你問題，當交個朋友吧！」我想起和曹總的第一次會議，不禁會心笑了一笑。

他笑說：「謝謝你！我想知道我應該怎樣規劃我的職涯？」

我說：「每個人的興趣與際遇都不一樣。我個人認為在工作的頭五年，應該專注建立自己的專業知識。就算你的工作是銷售或是客戶服務，也要盡量學習行業、產品與技術的內容，培養一技之長。

「之後五年就要學懂如何說服別人，無論是一分鐘的對話還是一小時的演示。畢竟當你繼續發展事業時，你會發現不管做什麼，本質上都是在銷售，譬如銷售你的未來僱主、老闆、客人、投資者等等。再之後的五年，你已經有足夠的經驗與見識了，就要有自己的立場，不要人云亦云、見風使舵。

「金融與科技每天都在變化，不能因為今天人人追捧你就讚好、明天泡沫爆破你就鞭撻。就像我們一直以來都堅決不碰加密貨幣和 NFT 等資產一樣。當初如果我們碰這些生意，也許早就是億萬富翁了，但我們一點都不後悔。每一種我們推介給客人的技術，我們都必定親眼見過、親身用過，甚至看過源碼才會推介，這是我們的堅持。聽完我這樣說，明知又辛苦又不會發達，你還會加入嗎？」

小夥子徐徐掩上他的筆記簿，用堅定的眼神望著我說：「會！我等你通知！」

我安慰地點點頭，心裡想：這正是我們需要的下一代，是我們未來的希望。

# 人物介紹

| | |
|---|---|
| 小寶 | Monday 顧問、KE Capital CIO、Sigma Square CEO、Data Square CEO |
| Ben | Monday 銷售總監、Cumulus 亞太區總裁 |
| Apple | Monday 客戶主任 |
| 張大千 | Monday 諮詢總監 |
| Jai | Monday 東南亞區總經理 |
| Stephen | Cumulus 區塊鏈工程師、Data Square 技術總監 |
| 曹總 | KE Capital 集團主席 |
| Selina | KE Capital 融資服務總裁 |
| Frankie | KE Capital 外匯服務總裁 |
| Edward | KE Capital 首席財務官 |
| Janet | KE Capital 海外項目總監 |
| Michael | KE Capital 科技負責人、Sigma Square 營運總監、Data Square 營運總監 |
| 蕭校長 | KE Capital 北京開發團隊負責人 |
| 鄧老總 | 星旗銀行創辦人兼主席 |
| 宋先生 | 鄧老總副手、星旗銀行 COO |
| Aaron | 鄧老總兒子、星旗銀行 CEO |
| Cyrus | 星旗銀行 CIO |
| 牛總 | 聚寶科技創辦人兼 CEO |
| 李總 | 聚寶科技 CFO |
| 馬飛 | 聚寶科技首席架構師 |
| 郭先生 | 建業國際前 CEO |
| 趙太 | 建業國際 CEO |

| Chris | 建業國際前數據科學家、Sigma Square 產品總監、Data Square 產品總監 |
|---|---|
| Isaac | 建業國際商業銀行業務高級副總裁 |
| 趙女士 | 灣區保險總經理 |
| John | 財團主席，主要經營地產、商場、珠寶、證券等業務 |
| Isabella | John 的太太，也是 John 的左右手，地產業務的營運總監 |
| Rose | John 的長女，珠寶、證券業務總裁 |
| Jeff | John 的小兒子，加密貨幣交易所總裁 |
| Margaret | Data Square 法律顧問、John 的妹妹 |
| Eddie | 瑪里財政部長 |
| Raymond | 瑪里金融科技辦公室主任 |
| Victor | 小島網購創辦人兼 CEO |

# 專有名詞

| | |
|---|---|
| ACA | 另類信貸評級（Alternative Credit Assessment） |
| AI | 人工智能（Artificial Intelligence） |
| AML | 反洗錢（Anti-Money Laundering） |
| API | 應用程式介面（Application Programming Interface） |
| BAT | 基本注意力代幣（Basic Attention Token） |
| BFT | 拜占庭容錯（Byzantine Fault Tolerance） |
| BIS | 國際結算銀行（Bank for International Settlements） |
| CBDC | 央行數字貨幣（Central Bank Digital Currency） |
| CDS | 信用違約交換（Credit Default Swap） |
| CEO | 首席行政官（Chief Executive Officer） |
| CFO | 首席財務官（Chief Financial Officer） |
| CIO | 首席信息官（Chief Information Officer） |
| CLD | 外匯掛鉤定期（Currency Linked Deposit） |
| COO | 首席營運官（Chief Operating Officer） |
| CRS | 共同申報準則（Common Reporting Standard） |
| CTO | 首席技術官（Chief Technology Officer） |
| DDoS | 分散式拒絕服務（Distributed Denial of Service） |
| DID | 去中心化的數位身分（Decentralized Identity） |
| EDM | 企業數據管理（Enterprise Data Management） |
| ERP | 企業資源計劃系統（Enterprise Resource Planning） |
| FICC | 固定收入（Fixed Income，即債券）、<br>外匯（Currency）和商品（Commodities） |
| ICO | 首次代幣發行（Initial Coin Offering） |
| IoT | 物聯網（Internet of Things） |

| | |
|---|---|
| IRS | 利率掉期（Interest Rate Swap） |
| KERI | 密匙事件接收基礎建設<br>（Key Event Receipt Infrastructure） |
| KYC | 瞭解你的客戶（Know Your Customer） |
| LEI | 法律實體識別編碼（Legal Entity Identifier） |
| LEO | 低軌道衛星（Low Earth Orbit Satellite） |
| MDM | 元數據管理系統（Metadata Management） |
| MECE | 彼此獨立，互無遺漏<br>（Mutually Exclusive, Collectively Exhaustive） |
| MTM | 按市值計價（Mark-To-Market） |
| NFC | 近場通訊（Near Field Communication） |
| NFT | 非同質化代幣（Non Fungible Token） |
| NLP | 自然語言處理（Natural Language Processing） |
| OCR | 光學字元辨識（Optical Character Recognition） |
| OTC | 場外交易（Over-The-Counter） |
| PMI | 併購後整合（Post Merger Integration） |
| PMO | 項目管理辦公室（Project Management Office） |
| POS | 銷售時點情報系統（Point of Sales） |
| PoW | 工作量證明（Proof of Work） |
| QRM | 質量與風險管理（Quality & Risk Management） |
| RFID | 無線射頻辨識（Radio Frequency Identification） |
| RWA | 現實世界資產（Real World Asset） |
| SME | 中小企業（Small & Medium Enterprise） |
| SVoC | 單一客戶視圖（Single View of Customer） |
| UTXO | 未花費交易輸出（Unspent Transaction Output） |
| VaR | 風險值（Value-at-Risk） |
| VC | 可驗證數字憑證（Verifiable Credential） |

國家圖書館出版品預行編目 (CIP) 資料

金融科技風雲錄/冼君行作.--第一版.--臺北市:
博思智庫股份有限公司,2024.10
面; 公分
ISBN 978-626-98563-3-6( 平裝 )

857.7                              113013606

READ 01

# 金融科技風雲錄

作　　　者｜冼君行
行政統籌｜林月菁
主　　編｜吳翔逸
執行編輯｜陳映羽
美術主任｜蔡雅芬
媒體總監｜黃怡凡

發 行 人｜黃輝煌
社　　長｜蕭艷秋
財務顧問｜蕭聰傑
出 版 者｜博思智庫股份有限公司
地　　址｜104 台北市中山區松江路 206 號 14 樓之 4
電　　話｜(02)25623277
傳　　真｜(02)25632892

總 代 理｜聯合發行股份有限公司
電　　話｜(02)29178022
傳　　真｜(02)29156275

印　　製｜永光彩色印刷股份有限公司
定　　價｜350 元
第一版第一刷　西元 2024 年 10 月

ISBN　978-626-98563-3-6
© 2024 Broad Think Tank Print in Taiwan

博思智庫股份有限公司

博思智庫粉絲團　Facebook.com/broadthinktank